與你相逢的時間

花鈴——著

目次

Contents

【楔子】

時晴時雨

捷運月台響起列車進站的音樂，安全門上方的紅燈閃爍中。陶晴一手握著包包的肩背帶，晚餐的時候喝了些水果酒，酒精濃度低，不會造成酒醉的狀態。

看著安全門映著的雙人身形，她有點如癡如醉。

「晴，妳現在想交男朋友嗎？」身邊的簡凌雲雙手插在大衣口袋，修長的身材有幾分酷酷的模樣。

陶晴悄悄抬眼看了他一眼，心裡很想說想啊，可是只要想起過去兩場感情，她會沒有勇氣追逐他，再者，她從來沒想過，他會是她的男朋友。

「我有兩場不太好的戀愛。」陶晴對自己沒有自信，「我會害怕。」

「如果那個人只在意現在，不在意過去呢？」

簡凌雲眼神十分篤定，與她吃驚的雙眼兩兩相看。他耐心等待她的回應，可是等了幾秒鐘，甚至是一分鐘後列車即將進站，她依然沒有開口說話。

而他不太懂她現在的表情——現在她抿著嘴唇，視線盯著安全門，雙眉擰起。

當列車進站的時候，簡凌雲又問了一句：「妳準備好回答我剛剛吃飯時問的問題嗎……」

「什麼問題？」陶晴一臉懵樣的樣子讓簡凌雲十分挫敗，他不知道的是，陶晴非常認真在回溯晚餐時段的記憶。

「我們……」話聲停頓了幾秒，簡凌雲洩氣地說：「妳不是說褲子都快穿不下了嗎？要不要運動一下！」

「啊？」陶晴頓時傻眼，莫名其妙耶，他就是為了說這個嗎？

也許是胖得明顯，陶晴對自己的身形呈現放棄的態度，輕哼了聲，進入車廂前拋出答案：「要！要！我會運動啦！我知道我很胖，真的會運動！」

笨蛋都知道陶晴因為體重的事情不太高興，簡凌雲像隻忠犬急忙跟在後面，車廂內沒有位置，只得擠進車廂中間。他的身高可以直接抓住天花板的扶把，但她的身高沒有辦法做到。

「我不是嫌妳胖，我覺得現在這樣很好，我可以接受。」她聽不出來他是要約嗎？！

車廂的擁擠使陶晴頻頻接觸簡凌雲的身體，尤其她的臉頰不斷摩擦他的大衣，幾次險些直接貼上他的胸膛。

「……我不能接受。」陶晴的聲音悶悶不樂。接受又怎樣，她抓得住這陣風嗎？

捷運行駛的平穩程度比火車好上很多，偶爾會碰見緊急降速的時候。陶晴沒有穩住身子，直接撞進他的懷裡。

而他正好開口問：「晴，那妳……現在？」在她撞進來的同時，他空著的手也環住她的肩膀，穩穩地接住。

「現在？」

面對此時的情況，陶晴漲紅臉，目光閃躲不定。不就是列車煞車，重心不穩撲進你懷裡，這是不小心，不是示愛！

「我、我不是故意的。」說完，她立刻想往後退，隨即又被後面的人擠過來，這一次她下意識的抱住他的腰，角度抓得無一絲違和，時機抓得天衣無縫，自然且不做作，抱得恰到好處。

頭頂傳來簡凌雲猶疑不定的嗓音：「就是……妳現在對於感情的想法啊！」

聽見他這句話，她不禁捏了把冷汗，原來是自己想歪了，他不是指突然抱住他這件事情……不知怎麼的，她覺得很可惜，同時也感到糾結，如果他真的追問這個意外的擁抱，她該說什麼？雖然是意外，但她不排斥呢……

思緒一轉，她謹慎以對他現在的問題。沒錯，想起來了！晚餐時間，他有問過。

「我的……」

陶晴看著他的眼睛，剛開口說出兩個字，列車猛地煞車，一股強大的力量使她向後跌倒，本該撞到身後的人，卻如騰空高速下墜。

受驚的她扯開嗓子大喊：「凌雲！我還沒說完，我的態度是，我喜歡你！」

旋即她睜開雙眼，從床上彈起，滿臉驚魂未定，汗水佈滿額頭和背部。

目光掃過懷舊古老的房間，樓梯間的霉味隱隱從門縫鑽進，陶晴這才意識到自己處在出社會前居住的日治時代老房。

對於自己當日恍神感到非常懊惱，那天不是他們第一次見面，卻是第一次兩人獨處，聊起感情觀的最佳時機。

那個時候的簡凌雲或許想多了解她對於感情的看法，以及是否想交男朋友，他正是在探詢她的意願，抑或者他只是關心、隨口問問。

如果那時候她誠實說：是的，我是想交男朋友，一併把過去的感情與他分享，是否比慢慢等待還要獲得更多相愛的機會？

這注定是無解的答案吧！

陶晴揉揉雙眼，一張米色格紋紙掠過餘光眼角。她移動過去，看著擱在床頭櫃的手寫文字，這是她昨晚睡前心有所感而寫。

我們重逢於秋天的雨季。

以前我覺得我們後來再次聯繫，如果真的在一起就是偶像劇，現在沒在一起，只是我的白日夢。

如果可以，我想與你談一次戀愛，我不在乎轟烈的愛情。這一次，我要為愛勇敢一次。

可是時空就像一條狹窄的路，每一個決定都通往不同的分岔點，進而衍生新的事件。

2010/09/11

【章一】

至少妳依然是妳

紅色喜帖靜靜的擱在桌上，喜帖的封面是新郎與新娘的幸福合照，彼此額頭抵著額頭，露出幸福洋溢的表情。

陶晴有想過這天的到來，但是沒有想過如此之快。

她暗戀十二年的男生要結婚了，但是新娘不是她。早在夜校高一的時候互相有留意過對方，但真正有交流時是高四。

十二年間，她一直以為只要保持聯繫的關係，偶爾聊聊天、偶爾相約吃宵夜，偶爾相約去看展，兩人或多或少有那麼些許的機會。

該說暗戀嗎？她有些不確定，甚至不知道這是不是初戀，抑或是其他情感？她對他的情感很微妙，有時候與他聊天時，她覺得好像沒有真正認識過他，他們的相處像朋友一樣好，也像友達以上，戀人未滿的曖昧。

這些年他們斷斷續續的聯絡，有時候半年間不曾講到一句話，有時候三天兩頭互相關心彼此，每一年他們都會互相祝福生日快樂，即便只有短短的一句，緣分持續很久，而他很少更新限時動態、貼文之類的訊息。

有時候，他們是互相沒有彼此的消息，可是只要有訊息交流，她因生活壓力而陰霾的心情會暫時一掃而空。

是的，她喜歡與他聊天，同時也很煎熬，因為他總是突然消失。

陶晴曾經與高中好友程莉莉聊過簡凌雲這些年與自己的相處。

「你問我喜歡他哪裡？我不知道。」

「雖然認識很多年，卻從來沒熟悉過彼此。」

「有時候我覺得，他對我的溫柔和誠懇是表面。」

「是嗎？我覺得是妳太拘謹了，講白一點就是ㄍㄧㄥ，或許這就是他喜歡一個人的特點。」

程莉莉質疑陶晴的話。

從高中起，程莉莉是陶晴的感情導師，陶晴有什麼問題都會詢問程莉莉。

於是這次簡凌雲結婚的事情，陶晴依然跟程莉莉講，程莉莉聽了後驚訝，很快恢復正常，畢竟好友都三十歲了，同齡的高中同學，少數都已結婚，有一、兩歲的孩子。

程莉莉彷彿有心靈感應，知道陶晴在害怕、猶豫什麼，按下傳送鍵：「打開來看吧，這是要面對的現實，都邁入三十歲的熟齡女人了，還畏畏縮縮！」

「妳一針見血呢。」程莉莉不說，陶晴都忘記自己已經三十歲了，從情竇初開的女孩來到三十歲的熟齡年紀，這份情感漸漸演變成一種心中的回憶。

「哪裡一針見血？三十歲還不是青春結束的時候，如果妳因為他的結婚而喪失對愛情的期盼，那真正死亡的是妳的心靈。」

「不是這樣的，我覺得我打開來後，與他形同陌路。」內心深處那塊為了他保留的柔軟之地承受不住重量，一種壓得她喘不過氣的聲音頻頻在耳邊響起。

「遲早都要難過，早點打開早點放下執著！」

陶晴能感覺到，訊息另一端的程莉莉在傳這句訊息時，翻了大白眼。陶晴無聲扯了扯唇角，程莉莉說的沒錯，是該面對現實。

她的指尖輕輕捏住喜帖的帖角，帶著驟然加快的心跳，翻開喜帖。

簡凌雲與那位幸運女孩的名字鮮明躍然紙上，底下是他們雙方父母的名字，以及刺眼且斗大的粗體字——

誠摯邀請您來分享我們的喜悅

陶晴呼吸一窒，眼淚無預警地從眼角流下，手機不斷傳來的叮咚聲闖不進鬱鬱的情緒。

「喂，晴晴！」

「晴晴！」

「人跑去哪了？」

程莉莉改打陶晴的電話，響了三十秒，依然沒有回應。

陶晴任由熱熱的眼淚滑落臉頰，帖角無聲被捏出一道摺痕，她的思緒回到兩年前某個夜晚。

工作忙碌的陶晴結束加班，才剛疲倦的倒在床上，手機叮咚一聲，可是她只要沾上床，沒有力氣拿起來看。

沒有辦法，為了家中生病的爺爺，以及家庭的經濟。

高中讀夜校的她，白天去打工，晚上上課，進入大學後，變成晚上打工，考上同校研究所，依然在課業及打工忙碌。

她的生活如同一隻不停歇的蜜蜂，沒有終點站的忙碌再忙碌。年紀大了，代謝功能變差，因熬夜、壓力等因素，膚質沒有比以前好了，只要出門都會上點淡妝，因為她不想要讓別人看見自己糟糕的一面。

十五秒後，手機螢幕轉暗，過了幾分鐘，又傳來叮咚一聲。陶晴懶懶的睞了一眼，恰恰好捕捉到出現在鎖定畫面的訊息。

「我在樓下。」

啥咪？誰在樓下，她是不是眼睛花了？陶晴從床上跳起來，精神抖擻的拿起手機，快速輸入密碼解鎖，打開LINE，名字為FENG的視窗跳到最上方，最新一則訊息是──「我在樓下。」

陶晴心跳倏地加快，手指輕輕發顫，她不知道在緊張什麼，他們已經有半年沒有聯絡了，他也沒有更新動態，完全消失在她的生活中，與他的對話視窗沉到最底下。

訊息顯示兩則，她不知道第一封是什麼訊息，不知道這句我在樓下的訊息究竟代表什麼意義，膽小不敢點開來看，於是長按視窗，預覽視窗裡面的訊息。

「晴，生日快樂。」

「我在樓下。」

啊！今天是她的生日，陶晴這才想起來這回事，雖然彼此每年會相互傳訊息祝福，他卻從來沒有在自己生日當天在樓下等過。

陶晴想不明白，開始思索他是不是有什麼煩惱，不能透過訊息傳遞，還是有其他緊急的事情？想來想去，依然得不出答案，雖然早已脫離少女情懷的年紀，心卻莫名因為我在樓下那句話而小鹿亂撞。

不得不說，這句話真的殺傷力極強。

結果心跳紊亂的下場，她不小心鬆開壓住螢幕的指腹，變成已讀了。

「啊！」陶晴驚惶失措，手機甩到床上。

她還沒有準備好要下去見他，也還沒準備好要如何回覆。雖然一度質疑他真的在樓下嗎？但是她很清楚，他對她講話的態度很誠懇。

經過一天的上班，臉上妝泛出油脂，呈現脫妝的狀態，儘管以前在他面前沒形象過，可是這幾年的自己，面容憔悴，身形疲憊，不想要讓他看見這樣不堪的模樣。

眼看已讀已於五分鐘，陶晴向來不是讓人久等的人，而且對象是他，更不願意讓他乾等。她連忙衝到化妝檯前補妝，動作俐落、一氣呵成，抓起手機和鑰匙衝下樓。

來到公寓一樓，陶晴左右張望，沒見他人。

被耍了嗎？心中一沉。

陶晴忽然覺得自己很傻很笨，屁顛屁顛衝下來，搞得自己迫不及待想見他，一不小心就洩漏藏在心中的祕密。

叮咚。手機響起訊息的聲音，陶晴拿起手機點開訊息。

「我在公園。」

「你又跟我玩躲貓貓了，一下出現，一下消失，我們一再錯過。」陶晴用著無奈的聲音自言自語。

陶晴的呼吸微微急促，緊湊的步伐洩漏出她迫切的心境，在即將抵達到公園入口，她的步調放緩了，緩緩拉長目光，凝視坐在盪鞦韆的挺拔男人。

半年不見，他又變了許多，不是臉型和身材的改變，而是渾身露透出生人勿近的氣息，經過社會的歷練，眉宇間自然生成一股英氣煥發的自信，濃眉之下是一雙內雙的棕色眼睛，此時此刻，雙手交疊在胸的他彰顯出肅穆且不易妥協的氣息。

今天他穿的是居家服，簡單的T-shirt，和知名品牌的運動褲，半年前見面吃飯時，他則是穿著正式的襯衫和西裝褲，手拿公事包，是剛下班的狀態。

察覺到一道充滿黏著度的視線鎖在身上，簡凌雲朝她示意招招手，就像招一隻怯怯不敢靠近的小狗。

「幹嘛不過來？」

陶晴深呼吸，鎮定自若、大步流星走近。

「你還好嗎？」

簡凌雲自然的表情在聽見她那句話，微微露出一絲破綻，有些意外抬頭看了她一眼，「抱歉，這麼晚叫妳出來。」

陶晴順著他的話，輕鬆地說：「我不接受道歉，但可以接受補償。你的賠禮是？」

簡凌雲手心交疊，稍稍捏了捏，一雙棕色眼睛睞了她一眼，慎重地說：「要不吃宵夜？」

陶晴面露猶豫，僅僅遲疑一秒，正欲開口答應，他忽然改變想法：「不了。」

哽在喉嚨的聲音頓時化作輕柔的嘆息，陶晴若無其事的坐在鞦韆椅子，是有點失望，但失望又怎樣，他已經有女朋友了。

他是混帳，而她自己也是混帳吧，這麼晚了，不該孤男寡女在外面說話，雖然他們這些年都沒有做什麼不應該的事情，就像好友，偶爾聊天、偶爾祝福彼此。

「其實有點晚了，我覺得我應該——」

語未盡，簡凌雲打斷陶晴的話。

「後天是假日，吃宵夜。」他的語氣不容拒絕。

「啊？」陶晴睜大眼睛，傻楞楞看著一臉認真的簡凌雲，他總是這樣，與她講話的口吻堅定且誠懇。

「捨不得妳累。」

撲通！心重重跳了一下。他居然能透過妝容的底下，發現她的疲憊。

不過，話不能好好說嗎？她肯定是上輩子欠他的，一定要說這些五四三的話隨便攪亂別人心湖。

「你自己找女朋友吃吧。」陶晴為了自己的情緒而感到煩躁，向他發了小小的悶氣。

她想，接下來沒什麼好說的，雖然發覺今晚的他神情不對勁，但她也不想問太多，讓自己的心隨著擔憂他而搖擺。

盪下最後一圈，準備煞住時，就聽見爆炸性的坦白。

「分手了。」

陶晴的鞦韆驀然停止，一時之間啞口無言。她扭頭看向雙手握拳的他，細細打量他沉靜的表情，沒有因為分手而難過，沉靜得她感到發慌。

「我覺得兩人不適合。」他平靜地訴說，好像在講他人的私事。

「八年了，你才說不適合？」陶晴以前就知道，他的女朋友是幼稚園老師，兩人還同居，不過她從來不會過問。

「交往十年以上分手的大有人在。」

「呃，說的也是啦。」陶晴不否認。

簡凌雲自顧自說下去，「她想現在結婚，但是我不想，因為我覺得事業還沒拚出成就，為了不耽誤她的時間，我決定放手。」

「那你打算幾歲結婚？」陶晴之前看動態，他們相處不錯，以為差不多是時候結婚了。

「三十八、九吧。我也不知道。妳呢？」

「三十二、三十三。」

「那不就快了嗎？」

陶晴沒好氣地說：「不用你提醒。」

簡凌雲抿了抿唇，笑睇著陶晴的反應，「為什麼？」

「因為生孩子有年齡限制，高齡不太好。」

「我知道，妳從以前就很喜歡小孩。」

這時，簡凌雲的手機響起，他從口袋裡拿出手機，看了一眼又收回口袋。短短的幾秒鐘，陶晴能看清來電者是他的前女友。

「我先回家了，你們先聊。」陶晴明白他們之間仍沒有斷得很乾淨，可是她一點也不想知道他們之間的事情，知道了又怎樣？與簡凌雲之間談不上是很好的朋友。

陶晴跳下鞦韆，手腕被一隻大掌拽住，他的食指轉而輕輕圈住她的，稍微放軟力道，不想要使用蠻力強迫。

「我沒打算讓妳走。」

他圈住的手指正好是食指，食指勾食指，這是什麼意思？她只知道互相勾小拇指是約定的意思，而且他手的溫度好冰涼，與她莫名燥熱的溫度形成明顯對比。

她的熱不是因為現在是夏日氣溫，而是因為他總是若有似無的撩撥。

正胡思亂想間，又聽他娓娓道來。

「我感到壓力很大。我沒打算接電話。」

陶晴慢慢退回鞦韆，坐下時，他這才鬆手，雙手擱在大腿，仰頭凝視沒有星星的夜空。

「交往期間，她都一直在控制我的生活、控制我的人際關係，甚至晚上跟朋友吃飯都不能，她希望我陪她，可是久而久之，我感到疲憊，我認為她需要有自己的生活。」

陶晴聽了十分詫異，不知道原來他們是這樣的相處模式，更不知道他可以接受這麼久，八年了，除非很喜歡對方，否則不會妥協沒有自由的交往關係。

「你們沒有溝通嗎？」陶晴終於從他談起分手後，第一次開口詢問。

「有。」簡凌雲說：「但是沒有用。」

「你們在哪認識啊？」問了第一個問題，陶晴更加自然地問出第二個疑問。

「夜店。」

他說出一點也不意外的答案，年少輕狂時誰沒去過？更別說像他這種帥氣的男生了。

下一秒，簡凌雲的話出乎陶晴意料。

「但是我不喜歡那裡，只去過一次，認識她後就再也沒去了。」簡凌雲轉頭看向陶晴，棕色眼睛湧動點點碎光，那是路燈產生的效果，但對她來說，就像飛鏢射中了靶子，剛好正中紅心。

他是在解釋和強調……他是乖乖牌？

「分手這個決定，我其實很掙扎，八年說長不長，說短不短。但是我覺得她不能再這樣下去，她甚至為了配合我的加班生活，推掉跟朋友的聚會，或者要求我配合她的上班時間，讓我不能跟朋友聚餐，我真的很想喘口氣。」

很久以前，陶晴對他的印象就是花花公子、韓系花美男，身高一百八，有內雙的眼睛，看起來就像單眼皮，他凝視人的眼神總有一股莫名的吸引力，向來是她的死穴。

「分手多久了？」喉頭莫名乾澀，話一出口，陶晴便覺得聲音啞啞的，今天工作太忙，只喝了一瓶三百六十毫升的水。

簡凌雲眼中掠過一抹擔憂，側身從紙袋裡拿出一瓶礦泉水，扭開蓋子遞過去。

「四個月。」

嗯？她剛剛好像沒聽見瓶蓋轉開的聲響，一般來說，新的瓶蓋轉開會有個聲音，更沒有看見瓶蓋上的塑膠膜。因為邊聽他講話，陶晴壓根沒留意，嘴順勢碰著邊口。

該不會他喝過？看起來不像耶。陶晴只小啜兩、三口，寶特瓶水位沒有太大變動。

簡凌雲嘴角挽起似笑非笑的弧度，那模樣真像隻狐狸。

「確定要分手嗎？八年滿可惜的，畢竟是八年的青春，如果她交新男友，你不會在意嗎？」他可以不要用這種眼神嗎？怪詭異的。陶晴邊說著，闔上瓶蓋。

不喝就是不喝了！

「我想我會真心祝福她！」簡凌雲的語氣輕快許多。

陶晴呆呆看著他，這人到底難過還是不難過，一下子陰沉沉的、一下子無比高興，如果她真是他的前女友，聽見他這麼說會難過，可是他說的沒錯，如果分手能讓彼此自由，重新開始，各自擁有想拚的未來，反而是件好事。

「看我有看出什麼？」簡凌雲背靠向鞦韆的鍊子，沒有雙手扶著，他依然能抓準平衡。

「啊。我只是覺得你跟十八歲的時候，不太一樣。」真的搞不懂他呢？陶晴在心裡暗暗嘆氣。

「沒關係，至少妳依然是妳，沒有改變。」棕色眼睛裡依然閃爍碎光，美得穿透進為他保留在心底的那片柔軟之地。陶晴在他眼睛裡讀出——溫柔。

※※※

在那次半夜公園會面後，陶晴與簡凌雲聊得斷斷續續，偶爾他傳個影片，而她過了很久才認真看過回覆，最後變成他已讀結束不算話題的話題，這讓陶晴感到莫名其妙，懷疑他是不是篤定她會回？然而平常工作忙碌，這種難受的情緒不再惦記心上。

週六時間，陶晴一覺睡到傍晚，明知道這樣的作息對身體不好，但她沒有辦法約束自己，沒有讓自己沉沉睡著，她覺得整天的心情會烏雲密布。

起床後，整理房間的衣物，一忙後就接近晚上十點。叮咚一聲，手機螢幕亮起，陶晴瞥去一眼，發現又是簡凌雲。

「我有點難受。」

「樓下。」

他就不能告知一聲再來嗎？很喜歡製造驚喜，不對，這不是驚喜，是驚愕。不過這次他竟然說有點難受？他怎麼了？緊張的陶晴抽起桌上鑰匙，將手機放入口袋，穿著拖鞋匆匆忙忙奔下樓。

一抵達樓下，沒見他人，隨即收到他的訊息。

「公園。」

陶晴小跑步奔向公園，看見他坐在老位置，頭低低的，不曉得哪裡不舒服。

「你哪裡不舒服？」一路衝到他面前，陶晴一邊喘氣，一邊問。

「前女友突然搬回來了。」他靜靜地說。

「啊？」不是身體不舒服？又是因為前女友？有股氣忽然卡在胸口，異常難受。陶晴轉身坐在旁邊的鞦韆。

簡凌雲抬頭瞅著她，發現她的手緊緊捏著鞦韆鐵鍊，雙頰氣噗噗的，他出聲解釋：「她想復合。」

幹嘛跟她解釋，她不想要知道，但不可否認，陶晴知道後仍有一股氣在胸口打轉。

「那你們好好溝通。」

簡凌雲目不轉睛打量她，眼裡有淺淺的亮光，「有的。」

陶晴面無表情點了點頭，「嗯，既然你沒有什麼事情，那我先走囉。」

「我們才講沒幾句話呢！」簡凌雲這一次平靜的口吻透出一絲無奈和委屈。

陶晴有感受到他語調的委屈，但是關她屁事？沒事搞消失，然後突然又來撩一下，搞得她很想對他大吼：沒事不要出現一下、消失一下！

「不用任何事情都跟我說。」她用著冷淡和極其冷靜的語調說。

簡凌雲卻堅定地回：「但我就想跟妳說得清清楚楚。」

陶晴轉身面對他，雙手扠腰，儘管極力克制緊繃的臉部線條，抿起的嘴角顯露出怒意。

「她很難過。」簡凌雲低垂頭，眼角餘光看見她扠腰，拇指向前，四指向後，傻子也知道她現在的心情，內心的無力，以及承受巨大的壓力，但他還是把這句話脫口而出了。

「那你還待在這做什麼？我剛都說你們好好溝通！」她身為女人都覺得心疼。

她的氣勢果然敗陣下來，簡凌雲忽然閉口不說話，臉色十分陰沉。他起身，拋下一句話，

「我送妳回去，妳早點休息。」

陶晴的家離公園很近，慢走的話，五分鐘就到了，雖然簡凌雲步伐極快，似乎急於逃避什麼，但還是配合陶晴的腳程。

短短的路程，兩人不再開口說話。

※※※

陶晴偶爾會想起，兩人不歡而散的那天，當時她覺得他很自私、很生氣，也氣自己忍不住關心他，但只要想起走在他身後時，凝視他高大的背影，沉穩的步伐、比高中更寬厚的肩膀，以及關上門前，一轉即逝的愧疚眼神，心口好像有石頭堵住了。

他是對誰愧疚？前女友嗎？還是她自己？不不不，他怎麼可能對自己產生愧疚。

這個煩惱她困擾了許久，想不出答案，之後一個月，簡凌雲完全消失。

陶晴的爺爺生病過世，這一個月，她過得很孤單，在工作上埋頭苦幹，下班後及假日，她都悶在被子裡，不願意接觸外人，友人的訊息也是多天回一次，很多群組顯示99+的記號。

正當她思索要不要點開來，手正準備點下去，簡凌雲的視窗突然跳到最上面，讓她措手不及，進入視窗。

FENG：「她找到房了，已經搬出去。」

「啊……」她幹嘛秒讀啊！

CING：「什麼？」

一時半刻，陶晴摸不著頭緒，因為這段期間他們沒有半點往來訊息，驚詫過後，她終於明白他的意思。

「喔喔……給彼此冷靜的空間也好。」老實說，她的情緒滿平淡，對於他們的關係，她不想花時間去思考，於是淡淡的回覆。

「嗯，很涼。」

當下陶晴不明白涼的意思，可是也不知道回什麼，那是他跟前女友的事情，思索間，她疲憊的沉沉睡著。

往後幾天，公司有一個很重要的專案即將上線，陶晴整理好爺爺過世的悲傷心情，重新振作，每天忙到很晚下班，晚上依然睡不著，日出又開始忙碌，反反覆覆，一直到專案上線，她因為急性腹痛送了急診。

那時候已經是晚上十一點半，她搭乘的捷運站人少，這時間已經沒有人，而她人在月台尾端，她倒在冰涼的地板，感覺胸悶、頭痛，喘不過氣，模糊的視線隱約看見一個人走過來。

「救……」她努力伸出手，意識瞬間墜入黑暗。

陶晴被站務人員發現，送往醫院，起因睡眠不足、壓力過大，以及作息不正常導致昏倒。隔天恢復良好，她下午三點就出院了。

陶晴打開手機，簡凌雲的訊息居然顯示在視窗最上方，目前累計三封未讀。

第一封是影片連結，可是陶晴懶得打開來看。傳送時間是昨晚十一點半左右，正是她昏倒的時間點。

第二封是他家的寵物小狗照片。傳送時間是下午三點。

第三封是「晴，我在樓下。」傳送時間是三分鐘前。

CING：「沒空。」

FENG：「我會繼續等。」

CING：「我不在家裡。」

FENG：「妳在哪？」

CING：「醫院。」

CING：「不過我出院了。」

FENG：「為什麼住院？」

CING：「急性腹痛。昏倒的時候我以為我要死了，看不見明天的太陽，當時捷運站都沒人。」

FENG：（嘆氣的貼圖）

CING：「？？？？」

FENG：「讓妳獨自承受，如果在就好了。」

陶晴沒有再回覆簡凌雲，拿起耳機塞住耳朵，坐在公車靠窗的位置，一小時後抵達住家附近站牌。

她想，簡凌雲應該走了。直到靠近住家，發現他依著鐵門佇立，令人意外的是，今天罕見穿著帽T和黑色長褲，頭戴棒球帽子，髮尾有點捲翹，眼瞼處顯露疲態。

簡凌雲察覺到遠處的目光，挺直背脊，然後邁出他引以為傲的長腿走向陶晴，身子微微向前傾，嘴角揚起自認為最好看、自信、陽光的笑容。

這個笑容真討厭！陶晴能清楚聽見，她的喉嚨咕嚕了一聲，心口有些微癢，他的笑容輕而易舉清掉她這一個月的陰霾，無阻礙的闖進她城牆後的脆弱心房。

熱熱的液體在眼眶打轉，陶晴垂下眼簾，別過臉，張口深呼吸。

「妳怎麼了？」簡凌雲的聲音十分緊張。

陶晴依然低垂頭，悶聲說道：「想起爺爺過世。」

「什麼時候？」

「一個月前。那陣子我過得很不好，我不知道要找誰聊，工作壓力很大，睡眠品質不好，所以就病倒了。」

語畢，頭頂傳來輕微的力道，陶晴愣愣揚起臉。

「由我來顧妳。」

他的話更使她心中掀起波瀾，陶晴下一瞬感到五味雜陳，鬱悶的白了他一眼，擺明不信。

「有我在。」

穩斂的嗓音訴說的那三個字，穿透進凝結的十年光陰，恰到好處熨帖紊亂的心境。

簡凌雲本來想讓她回家休息，但是陶晴在醫院躺夠了，不想悶在家裡，於是兩人晃到公園，老樣子坐在鞦韆聊天。

「你今天為什麼有空來？」

「不能來嗎？晴不歡迎我？」簡凌雲的眉眼帶笑，模樣輕鬆自然。

「你看起來比上次好多了。」反倒是她自己，比上次更頹廢，整個人病懨懨。

「這當然，都解決了。」

陶晴不以為然，八年的感情哪有那麼容易說斷就斷，未來的事情很難講，搞不好過陣子又復合了。

像是能聽見陶晴的內心自白，簡凌雲擲地有聲地說：「一旦決定的事情，不會改變。」

陶晴心知肚明，他指的是分手之事。

「妳該找個人陪妳了，不要硬撐著，如果有喜歡的人，是個最佳人選。」

心頭猛地一跳，她轉頭看向他，與他目光灼灼的眼睛四目相接。

「嗯，是有一個我很在意的人，沒有很頻繁，偶爾會想到吧。」他的眼睛彷彿有魔力，讓她一不注意，脫口而出了。

「可以跟那個人說。」

就連聲音也是令人著魔，就像音樂劇中的大提琴，低沉且溫柔，一步步牽引她的心跳、思維。是啊，拖延十二年，或許也是她不想忍了，是不是該讓這個人從心底畢業？

「我……很在意你，從高中認識你開始，就很在意你，你對我來說很重要。」

說著，陶晴抬頭仰望明亮的天空，太陽偶爾露出雲端，偶爾消失，就像他這個人一樣，在她意志消沉的時候，為她照進一縷陽光，卻突然隱身到雲後，一如變幻莫測的天氣。

她不知道此刻簡凌雲的表情，雖然有勇氣坦白，可是沒有勇氣直視他的眼睛，因為不知道他是否仍用溫柔的眼神睇著自己，還是驚訝的眼神呢？

「原來我在妳心裡那麼重要，可是我竟不知道。」

陶晴心頭一跳，宛如一顆石頭拋進池子，然後往下沉，一直沉到湖底。他是真的不知道，還是裝不知道？有時候她常懷疑，高中時期那麼明顯，他們竟然沒有交往。

陶晴沒有答話，氣氛陷入安靜。

「其實我以前也跟晴一樣，有一樣的心意。不過妳給我的感覺……該怎麼形容呢？若有若無。偶然遇見妳也裝作不認識我，會讓我覺得自己只是單方面對妳有好感，但是卻一直等不到妳的回應。」簡凌雲邊說著，像高中男孩子那樣，害臊的抓了抓頭髮。

啥？若有若無？陶晴朝他投去一眼，只見他耳根子竟然泛紅，他現在是在害羞？

「不打招呼的原因是因為你們。」陶晴試著反駁自己才不是若有若無，是他如一陣風，難以捉摸，難以握住。

「我們？」簡凌雲滿頭問號。

「每次我經過你們班的時候，或是經過你身邊時候，你的表情都很淡定，但是你朋友都用一種眼神看我，我似乎意識到，被你們發現我喜歡你。」

「原來如此，淡定的原因肯定是我緊張了吧！」簡凌雲低聲笑出來，接著越笑越大聲，搞得陶晴很尷尬。

簡凌雲瞥了她一眼，止住笑聲，他悄聲地說，那聲音透露出誠摯的情感：「晴，我很慶幸那時候沒有跟妳在一起。年輕的時候是個小屁孩，戀愛總不會長久，一定會讓妳難過。」

陶晴不可否認，當時他的確像個花花公子、愛玩，又長得太帥，讓人難以掌握，即便在一起，感情絕對不會長久。

「我知道。會跟你說是因為爺爺過世，讓我明白一件事情，我想把握當下，誰會想那麼多呢？」陶晴朝他挑挑眉，雖然心裡因為他的坦白而難受，她仍強迫自己要笑。

「如果我明天也像爺爺突然死掉，在世上沒有未竟的心願，我也不會感到惋惜。」

陶晴說這句話時，是用很確定的心態訴說，因為她終於把自己心意說出去。豈料，簡凌雲的下一句話，讓她出乎意料，宛如石子在心湖濺出漣漪。

「才不會，妳會健健康康一輩子，不然就換我遺憾了……」簡凌雲語氣有著化不開的惆悵。他猛地起身，「我們可以抱一下嗎？」

陶晴瞪大眼睛，「為什麼？」

「我想珍惜現在，誰叫妳剛才開啟讓人哀傷的話題。」語畢，他以張開雙臂。

陶晴想不明白，他這是要討抱討安慰？這是什麼神展開的操作手法？看著臂彎的厚實胸膛，從以前就很想感受那片溫暖，但她也知道從不屬於自己，所以她仍一動也不動，龜縮在鞦韆椅。

「可是你才剛分手不久，不要和其他女生太過親密的互動比較好。」分手二字她說得很小聲，現在公園很安靜，簡凌雲聽得一清二楚。

「我認為這沒有什麼，就是朋友的抱，況且我確定結束了。」簡凌雲說的坦蕩。

結束什麼？結束前段感情？還是說擁抱後，我們之間就結束了？陶晴腦海裡冒出一堆疑問，可是一句話也說不出口。

「但我覺得……」因為她很清楚擁抱的意義，她不隨便與男生擁抱，即便眼前的男人是她在乎多年的人。

「沒關係，我不勉強妳。」簡凌雲斬釘截鐵地說。

陶晴不明白他擁抱的用意，既然是朋友，擁抱可有可無不是嗎？可是有一點，她很明白，要不要抱，他竟會詢問她的意願。

在他將雙手準備放回身側時，腦海浮現一個想法，她脫口道：「如果是朋友間的擁抱……」

簡凌雲沒有任何猶豫，給予這個答案：「我可以很明確地說，是朋友的擁抱，但不知道未來是否依舊。」

「好吧！」陶晴旋即起身，張開雙手，踏進那片她一直很想感受的溫度以及令人思念的懷抱。十二年前，她沒有抱過年輕的簡凌雲；十二年後，她很喜歡簡凌雲的懷抱。

頭頂傳來簡凌雲沉沉的嗓音：「對我而言，妳是無可取代的。」

雨云，他是雲，也是雨；他們之間的情誼時雨時晴，以及晴時多雲午後雷陣雨。

以後不會再見面了。

抱一下無妨。

本來以為是個結束，卻是另一個新的開始，他們之間的對話簡短，卻充滿逗趣。

有一天晚上，簡凌雲忽然傳來訊息，陶晴點開來一看，差點沒噎到口水。

照片是一隻親手做的吊飾玩偶，日期是2011-Jan-30th，那天正好是過年前。

陶晴目瞪口呆之際，簡凌雲又傳一張害羞的貼圖。

CING：「…………傻眼！」

陶晴完全沒有料到很久以前的吊飾玩偶竟然還留著，時間久到她甚至都忘記有親手做吊飾玩偶送給他，除了回覆點點點，她不知道要說什麼。

FENG：「仔細算一算，十二年了！」

CING：「我以為這麼小的東西，早就不見了！」

FENG：「該留的會留起來。」

陶晴怔怔看著對話，意思是，她送的吊飾玩偶是屬於該留的一份子！

CING：「這麼丟臉的東西，你趕快收起來吧。」

FENG：「不丟臉啊！會留著就是因為喜歡。」

CING：「我沒想到你還留著，。」

FENG：「驚不驚喜？」

CING：「……驚嚇好不？」

分手後，簡凌雲陸續找回以前被前女友刪掉的好友名單，一個個約出來聊天、唱歌、喝酒。也是某天晚上，簡凌雲傳來一杯注滿的啤酒照片。

當時已經是晚上十一點，陶晴還在公司加班，看到這張照片，又瞅了眼電腦螢幕的時間，不禁汗顏。

CING：「在喝酒？」

FENG：「對呀，和朋友聚會，不過我想回家了。」

CING：「那就回家啊！」

CING：「喝太多對身體不好。」

FENG：「求帶。」

陶晴傳了一個叫車連結給他。

FENG：「妳知道今天是什麼日子嗎？」

CING：「你生日的日子。」過午夜十二點時，陶晴已先傳訊息給予祝福。

FENG：「所以我要許願。」

CING：「許身體健康、平安快樂？」

FENG：「不，太大眾了。」

FENG：「看妳。」

CING：「我沒願望，不用把願望送給我。」

FENG：「我說，我想看妳。」

即便沒有面對面與他交談，心臟仍撲通撲通躁動，幸好現在很晚了，辦公室沒有其他人。她意識到一件事情。繼上次的擁抱後，簡凌雲並沒有從她心裡畢業，而是更深深地烙印。

隔天下午，陶晴收到簡凌雲說起床的訊息。她皺了皺眉，這傢伙真的事事報備。

CING：「你昨天有喝醉嗎？」

FENG：「有啊！」

CING：「騙人，你看起來很正常。」

FENG：「我講話一直都很認真，即便是酒醉後也一樣。」

所以他還記的他講了什麼？心跳剎那再度脫序。

CING：「俗稱的酒後吐真言……？」

FENG：「對，只是講了什麼未必記得。」

然而他下一句話令她瞬間恢復冷靜。

爾後他們相約出去爬山、看電影，很多很多場約會，偶爾傳風景照給她，隨便聊聊，或講辦公室發生的事情。他滿常說，下次一起去啊，可是並沒有次次都實現。

他還三不五時約她去騎車兜風，可是她不想。陶晴以前出過車禍，對摩托車有陰影。

看似相處愉快，有幾次氣氛正佳，曖昧正濃，差點擁抱、差點牽手了，不知道為什麼，總不能跨出那一步。每次他拋來的球，她會很直很直的句點。有時候他回答的很簡短，她也不知道回什麼，他也覺得話題結束，什麼也沒回，已讀結案。

沒有想到兩年過去，收到的會是他與別的女生的喜帖。
陶晴抽離兩年前的回憶，手機螢幕顯示程莉莉的十通未接來電。她急忙回撥電話給程莉莉。
「莉莉，我沒事啦，我想起以前的事情了。」
「好吧，嚇死我了！」程莉莉鬆口氣，「那妳會參加他的婚禮嗎？」
陶晴模稜兩可的說：「我……不知道。」
程莉莉感到惋惜，「唉，我挺看好你們，我以為你們相處得很好，當妳偶爾跟我說，他又消失了。我又覺得這人很莫名其妙。」
陶晴看著喜帖上的簡凌雲三字，緩緩說道：「我對他大部分是一種執迷不悟吧，他有一種魔力，我心情不好時，想起他會有力量跟他聊天，會忘掉所有不開心到現在都是這樣，給我很大的心裡支持。」
程莉莉在電話另一端點頭稱是，然後沉吟幾秒，道：「曾經我以為他會喜歡妳啦，因為我有一種預感。我跟妳說哦──」
「有一種愛，是長年累積，不是轟轟烈烈、不是一見鍾情，而是細水長流，平凡就是幸福，我知道妳安好，你知道我仍在，只要我傳訊息給妳，妳都會第一時間回覆我。」
「妳有沒有想過，他也許這樣想過？」

【章二】

神祕的茶館

「有一種愛，是長年累積，不是轟轟烈烈、不是一見鍾情，而是細水長流，平凡就是幸福，我知道妳安好，你知道我仍在，只要我傳訊息給妳，妳都會第一時間回覆我。」

程莉莉的話猶言在耳，當時陶晴有仔細深思過程莉莉的話。一個月過後，她還是自作孽來到婚禮現場，可是她沒有進去，在會場一樓徘徊、猶豫駐足。

現場人很多，十分熱鬧，同一天還有其他新人在這家飯店舉行。簡凌雲的婚禮在會場一樓，她看過一眼入口處的新郎和新娘名字，裡面冷氣十分地強，她卻感到呼吸困難，舉步艱難，懦弱的退到會場外面。

她低頭發了封訊息給程莉莉，坐在飯店外中庭的水池石板椅子，比起現場鬧哄哄的氣氛，她自身散發出去的孤寂格格不入。

CING：「我覺得我們後來再次聯繫，如果真的在一起就是偶像劇，現在沒在一起，只是我的白日夢。」

CING：「事實上，就是我的白日夢。」

總是反反覆覆，與他的聯繫斷斷續續，有時候感到與他更進一步，雙方卻各退一步，保持友達以上，情人未滿關係，套一句簡凌雲說過的話——若有若無。

CING：「是他的喜歡太模糊，還是我的喜歡太過拘謹？」

CING：「『金風』這兩個字真的是『刻在我心底的名字。』我必需要讓這個人從心裡畢業了。」

陶晴露出一抹苦澀的微笑，敲下最後一字送出。

CING：「可是呢，我後悔了，真的後悔，後悔我那膽小如鼠的勇氣。」

陶晴終於承認，壓得她喘不過氣的聲音是後悔，可是沒有人會聽見她喃喃自語的聲音，簡凌雲再也不會聽見。

CING：「現在我們形同陌路了。」

即便兩人或許沒有機會，她也該鼓起勇氣結束十多年的情誼，至少讓這份初戀有個完美的結束。

午後天氣突然轉陰，似乎與陶晴的心境心有靈犀一點通，緊接著，大風颳起，強雨驟降，陶晴急速奔跑在雨中，尋找一個可以避雨的地方。

強雨的威力下，馬路積起水窪，街上沒有半個人，陶晴不知道跑到哪了，心情煩悶，她就像無頭蒼蠅隨便亂跑。

幸而下雨，她臉上的淚痕全被雨水洗掉，儘管淚痕不見，雙眼的紅腫仍可讓人一目了然。

陶晴後來沒有參加簡凌雲的婚禮，坐在飯店外，傳完給程莉莉訊息後，她便不管程莉莉有沒有看訊息、有沒有回覆，現在的她充滿懊悔的情緒，無處發洩。

啪啪啪啪！沿路都是鞋子踩在水窪的聲響，她連閃都不想閃，反正全身溼答答，鞋子都泡水了，回家後就扔掉吧。

今天真的是糟透了！附近是荒涼未開發的田地，還有幾棟小住宅，竟然都看不到一間咖啡館，能暫時避雨的地方。

突然間，大雨滂沱的視線裡，一棟日式建築映入眼簾，日式建築在陶晴的印象，是充滿懷舊，藝術氣息的建築物，目前市內仍有早期留下來這類型建築物。

陶晴站在入口處，拉長視線，好奇地往裡面看去。

入口處放置一台古老的三輪腳踏車，以前有去過旗津，那邊仍有一區保留六〇年代的三輪車，以前聽老一輩談起一首兒歌。

「三輪車，跑得快，上面坐個老太太，要五毛給一塊，你說奇怪不奇怪。」

以前是傳統的交通工具，後來整頓市容，其他縣市陸續禁止三輪車，三輪車變成觀光景點的一個特色。

意外看見老古董，陶晴的心情突然寧靜下來，她不顧斗大的雨滴打在身上，放緩步伐走進去，想要用欣賞的心情好好感受這片美好的地方。

庭園鋪滿大小顆的白色碎石頭，曲長的石板小徑彎曲不見盡頭，一棵棵樹木沾滿雨水，每棵樹梢上皆掛著一條條彩帶，她不懂這是什麼用意，走進拿起一條來看，上面寫滿生日快樂。

原來是這家的主人生日呀！真溫馨。

往深處走去，那棟日式建築矗立在被美不勝收的花群中，與周圍獨特的造景，更顯得它古色古香，門楣上懸著一塊燙金的匾額：花神茶館。

原來是茶館，太好了，終於可以躲雨！陶晴大步流星奔向茶館大門，發現大門深鎖，裡面有燈光，沒有營業。

陶晴站在屋簷下，抬頭望著不停歇的大雨，她不知道這裡有茶館呢，不如改天找程莉莉來這裡喝茶聊天。

「咦，有緣人？」

附近響起女孩子的聲音，陶晴轉眸望去，不禁為少女的長相感到驚艷，她長得十分漂亮，茶色長髮留至腰間，瀏海底下的漆黑眼眸就像繁星閃耀的夜空。

「你好。非常抱歉，我知道沒有營業，能不能讓我在這裡躲一下雨？」

「沒關係，進來吧。」少女柔甜地笑著，散發出一種塵埃不染的純淨氣質。

「謝謝。」少女沒有帶她走正門，而是繞到側門，推門而入。

「啊，抱歉。我想我還是在外面等就好。」陶晴現在全身溼答答，茶館裡面非常乾淨，不想要弄髒。

「等我一下哦！」少女一溜煙不見。

陶晴左右張望，打量屋內的陳設，從茶館側門進來，裡面是偏房客廳，室內縈繞淡淡的花香，窗外是一大片的鈴蘭花。

「給妳擦身體。」少女拎著乾淨的毛巾拋給陶晴，順手打開暖氣，「既然有緣，我可以幫妳解決一個問題。」

「要如何解決？」陶晴感覺到全身些許熱呼呼的，這還不夠，她依然把毛巾裹住身軀，瑟瑟發抖。

「占卜。」少女歪頭看向她，黑色瞳仁裡微微閃動光芒。

陶晴面露猶豫，猶豫的原因不是不相信少女，偶爾她會在網路玩制式化的塔羅占卜，純粹當作閒暇之餘玩玩。

「我說啦，有緣。免費。」少女走去廚房端了一杯熱水。

「妳是這裡的主人嗎？」茶館兼職占卜？這麼特別！

「唔，算是吧。請坐。」少女朝沙發的位置伸手示意。

陶晴將其中一條毛巾墊在沙發後入座，捧起少女放在桌上的熱水，「謝謝。」

「看起來有感情困擾？」少女托著下巴看著她。

陶晴面露驚詫，表情很明顯寫出失戀嗎？她摸著自己的臉，苦笑點頭。

少女神祕笑了笑，從抽屜拿出一副畫風唯美的塔羅牌，快速洗牌，然後在桌面順開。

「抽牌吧，六張。」

陶晴正襟危坐，放寬心，希望事情不會再更糟了？可是簡凌雲已經結婚了，到底要抽什麼？這女孩沒有問她要問什麼問題耶，一般來說都會先確認問題，再洗牌、抽牌。

「一、二、三、四、五、六。好了，麻煩妳了。」陶晴想起，還不知道對方的名字，「抱歉，我姓陶，請問妳怎麼稱呼呢？」

「我姓荷。」荷小姐翻開第一張牌。

陶晴雖然沒有對塔羅牌有深入涉獵，但認得牌上的英文名是THE○DEVIL。

「是惡魔逆位。」

「對呀。你們結束拖延已久的戀情，擺脫感情的困擾。」

陶晴瞠大眼睛，儘量控制自己的驚嘆，沒事沒事，繼續看她翻牌吧。

「高塔正位。此時此刻的妳失去愛情、遭受打擊，過往的信念都被擊碎了。」

「呵。」陶晴發出一聲弱弱的笑聲，耳邊隱約響起結婚典禮的進行曲。

「死神正位。」荷小姐張口解釋前，抬頭看了陶晴一眼，發現她的臉色真的好糟糕。「妳正面臨情感的結束，幻滅，以及轉化。沒事，放輕鬆。有變化哦，搞不好是好事。」

沒想到荷小姐下一句話更讓她滿頭霧水。

「接下來我要說的就是你們的未來走向，有三種可能。」

「我們？可是他已經……」

陶晴的腦袋瓜裡想很多假設，臉色變化萬千。簡凌雲都結婚了，怎麼可能還有好事，該不會是他閃離吧？不不不，她不想要當小三，不想要當破壞婚姻的兇手，這多半是指有新戀情！

「是呀，是妳心裡的那個人。」

心中的那個人！陶晴揚起懷疑的眼神，看著荷小姐那雙靈動的黑色眼眸，眼神散發出恬靜的柔光，那不是狡猾、欺騙的眼神。

老實說一開始不把占卜當作一回事，抽牌的時候是抱持無所謂的心態，姑且聽下去吧，就不信她能和簡凌雲有未來。

「力量正位。你們將克服所有障礙，獲得戀情。」

「聖杯二正位。你們可能會經歷分離，包含死亡，也有可能分手，或者有機會擁有一份和諧美好的感情。」

荷小姐的聲音十分柔和，說到獲得戀情，陶晴很雀躍，接著聽見分離死亡，她的心跳如同雲霄飛車，快速衝入地面。

「最後一張。」

陶晴屏氣凝神，看著荷小姐的手指慢慢翻開，是一張輪盤圖案的Wheel of Fortune。

「命運之輪正位，妳將有意外的收穫，會與他有命運般的邂逅哦！俗稱，機會降臨，命運的轉變。」荷小姐翻到這張牌，笑得比陶晴還燦爛。

全數牌已揭曉，陶晴思緒如糨糊，「什麼意思？為什麼我跟他有這麼多未來？」

荷小姐指尖壓著死神牌，「因為死神正位，妳擁有一個轉變的機運。想要實現願望嗎？」

「我沒有願望了。我的願望已經破滅。」陶晴搖搖頭，垂頭喪氣。

「不對。妳可以許願。」荷小姐態度十分堅定。

陶晴不禁用哀號的語氣低吼：「他都結婚了許什麼願望……」

「你們現在雖然結束了，但還有一次新的開始，也許當初選擇戀愛了，但你跟他緣分可能就是短短十年，不管怎麼改，你跟他都不會在一起走到最後。當然啦，未來要看妳如何抉擇，要與他談一次戀愛呢？還是看他平安幸福就好，其他都不重要？只要妳有決心，任何事情都無法阻攔，兩人的命運一定可以改變。」

荷小姐突然將雙手重重放在桌上，砰的一聲，陶晴被這聲響嚇得抬起頭。黑色眼眸裡面湧動堅定無比的意志，陶晴非常意外，就在幾秒鐘前，荷小姐態度都十分的泰然，好像這個女孩曾經有成功改變過去。

興許是荷小姐的眼神激起陶晴被葬送的希望，她扯開嗓子，鏗鏘有力地喊：「我想要和他在一起，與他相戀一次！荷小姐，我想請問，妳會如何幫我實現？」

陶晴響亮有勁的聲音後，是荷小姐愉快的聲音，彷彿如同吃飯那般容易。

「回到過去呀！」

陶晴一呆，剛被激起的鬥志瞬間熄滅。她吐槽道：「這該改名為神棍茶館吧。」

「放肆！」

聲音的主人話聲落下，人已出現在桌邊，一身華麗的復古長袍，就像古裝劇裡面看到的穿著，個子不高，長相十分俊俏，引人注目的是那頭如雪的白髮，美麗的紫色眼睛迸射出目中無人的傲慢。

她只聽過雪女的故事，世界上還有雪男呀？

「你出來幹嘛！」荷小姐立刻對他罵道，一面轉頭對陶晴說：「別理會那個老人家。」

老人家？？？？陶晴一度懷疑自己眼睛出問題，眼前的人分明就是一名少年，而且長得真像神仙欸！

「放肆！」少年的紫色眼睛色澤轉沉，一臉怒火沖天，可是荷小姐壓根不理會少年的怒氣，直接開口嗆了。

「閉嘴啦，沒看到我在忙嗎？！不要阻礙我工作！去去去，去邊玩！」

「妳這女人……」少年的聲音突然轉為成熟男子的聲線，能感覺到絲絲寒氣從緊閉的牙縫中溢出。

「嗚……」荷小姐突然摀住臉，發出類似低泣的聲音。

沙發對面的陶晴一愣，她看向英俊的少年，他的臉色更是精彩，慘白、懊惱、委屈，一輪輪出現在精緻的面容。

「哼！」少年席地而坐，雙手抱著胸口，把頭撇向一邊，雙眼望著窗外的鈴蘭花圃。

荷小姐悄悄睞了少年一眼，淡粉色的嘴唇似是憋笑而抿著。「非常抱歉，我們繼續吧。回到過去，改變過去。」

荷小姐變臉的速度也是嘆為觀止，不對，陶晴猜想，這女孩剛才根本沒哭，陶晴愈發不信了。

「我不信。」

「簡凌雲結婚了，金風，他於妳如陣無法握住的風，妳於他若有若無，都難受成這樣了，妳覺得過去有比現在更慘嗎？」

陶晴暗暗一驚，為什麼荷小姐會知道他的名字，而且還會知道她私下為他取的綽號，那是心裡的祕密。

「要實現願望，需要代價吧？代價是什麼？錢嗎？太貴我付不起。」陶晴相信沒有不勞而穫的事情，天下沒有白吃的午餐。

「不用錢，我說啦，有緣人是免費哦！」荷小姐見陶晴心動，眉梢眼角淨是雀躍，「我只需要妳的一滴眼淚。」

「眼淚喔，簡單！我現在看一下他的喜帖就哭了。」而且她離開飯店跑到這裡，路上不知道哭過多少回。

荷小姐搖搖手指，「我不要現在的眼淚，而是最後三張牌，其中一張的結局，妳十二年後的眼淚。」

「十二年後我們還會見面？」陶晴不敢確定，這次誤入這間茶館是意外，她連住址都沒有記咧！

荷小姐沒有正面回答，「唔，妳信既定的宿命嗎？」

「曾經信，現在……不確定。」如果既定的宿命是她和簡凌雲糾纏數十年，沒有結果，他會跟八年女友步入婚姻，可是後來他們沒有步入婚姻，她以為可以改變，事實上，他依舊不屬於她。

荷小姐斬釘截鐵地說：「我不信，但我信緣分。」

陶晴若有所思點了點頭，不得不說，荷小姐的話容易令人忍不住想相信一次，因為這女孩擁有一股特質——絕對不妥協。

陶晴深深嘆氣，喃喃自語：「反正再怎麼糟糕，也不會比現在糟糕。」豁出去吧！全部的全部都豁出去，被騙一次也罷！都無所謂了！

「那要如何開始？」陶晴覺得就像在作夢，這種奇葩事情為什麼會發生在自己身上？

「老人家，接下來靠你了。」荷小姐對坐在地板的少年喊道。

「我不要！」少年賭氣般，不願回頭。

荷小姐長嘆一聲，那聲嘆息十分自然，姣好的面容佈滿愁色。「我也想回到過去，我很想念他，在見面之前，我必須完成……」

「好好好，麻煩死了！」少年不想聽她碎碎念，一副哀愁的模樣，到時候又哭了。

少年起身，帥氣又俐落地甩了一下袖子，姿態威風凜凜。

「真的是傲嬌又傲慢又臭屁的小鬼。」荷小姐小小聲嘀咕。

她是不是被雨沖昏頭了？陶晴開始懷疑自己剛才的決定太倉促。誰知剛這麼想，少年宛如極地冰冷的手指點住她眉心，寒氣灌入身軀，剛暖的身軀比淋雨時還要冷得哆嗦，視野陡然晃動、打轉，眼皮如千金重，她感覺失去重力，向後倒去——

「有緣再見，陶晴。」

墜入黑暗前，陶晴最後聽見的是荷小姐的聲音，身軀則失速般往下墜。

【章三】

刻在心底的名字

「欸，晴！」

「晴！」

「睡成這樣，她昨天又幾點睡啊？」

真的很吵呢？到底是誰在耳邊嘰嘰喳喳啊？家裡明明只有爸爸和弟弟，聽聲音不像家人，是很熟悉的女生聲音。

接著，陶晴被搖醒了。她眨著眼睛，環顧四周，窗外黑壓壓一片，靠左邊的窗戶外是走廊，可以看見一片樹木，蟬叫聲此起彼落鳴著。

「上課了。」右手邊傳來善意的提醒。

陶晴還沒回過神。她呆呆地轉向說話的女生，黑色及肩的頭髮，側分瀏海蓋住半邊額頭，臉圓圓的。

其實看見這副造型，陶晴非常不習慣，仔細想想，以前流行蓋頭蓋臉的髮型，女生的瀏海要長，可以遮住半片額頭。儘管長相非常青澀，可是她仍可以把十二年後的樣子合在一起。

「李茹雯。」陶晴小聲喊出對方的名字。

一名中年男子快步踏上講台，用力拍了拍桌子。「班長、班長呢？」

「這！」程莉莉猛地起身。

「老師來了，鞠躬敬禮是禮貌，然後管一下同學，都打鐘上課了，還吵吵鬧鬧，下次注意！」

「是……對不起，我知道了。」程莉莉懦懦的說，然後清清嗓子，「起立、敬禮。」

「主任好！」

這堂課是科主任的通識課，科主任年紀有四十幾歲了，頭髮已禿，個子雖矮，但威嚴十足，程莉莉被罵後，整堂課臉都很臭，咬著嘴唇悶不吭聲，下課後更一溜煙不見。

陶晴坐在位置上，看著同班同學下課後的打鬧，感覺所有一切非常神奇，要不是看見黑板右下角寫著二〇一〇年九月十日，她認為是在作夢，不然就是她死了。

「晴，妳不吃晚餐嗎？等等要上體育課。」身邊的李茹雯在陶晴面前揮了揮手。

「喔喔，要。」陶晴從抽屜拿出還沒食用的方形餐盒，打開來一看，裡面是花生厚片。

「這是馬路口那家好口福早餐店嗎？」

「對啊。」

陶晴張口咬下一口，好久沒吃這家早餐店了。自從畢業後，回一次母校，就再也沒有回去。

沒吃幾口，李茹雯向走進教室的程莉莉和陶晴揮了揮手，「走吧，操場集合，要打鐘了！」

李茹雯拉著嘴裡塞滿花生厚片的陶晴，身後跟著程莉莉，步出教室。陶晴抬頭望了一眼綠色班級牌——四〇一。

她高中就讀夜校，必須就讀四年，晚上五點進校門，五點至六點是自習時間，時常被各科老師拿來考試，六點開始是課程時段，一直持續到晚上十點。

晚上的學校少了白天的熱鬧，操場周圍圍繞一排電燈，操場外圍的左手邊就是商管大樓，也就是日、夜間部上課的地方，日夜間部共用同間教室，在陶晴所在的二〇二二年，夜間部已經收掉了……

大家陸陸續續集合，體育老師是一個身材姣好的女老師，姓李，新學期的開始，李老師開始講解這學期的評分規則。

游泳課考試占比百分之三十；一百公尺跑步占比百分之三十；剩下百分之四十是出席率。

聽到游泳課要考試，程莉莉臉色發白，人有些心不在焉的左顧右盼。

站在程莉莉旁邊的陶晴提肘推了推，「不用擔心，李老師人很好，她會要妳考懲氣，妳絕對可以順利通過。」

程莉莉用一種你說啥胡話的眼神瞪著陶晴，「騙人。」

「放心啦。」

比較慘的是，程莉莉下學期會遇到一個更難搞的男老師，強迫學生要考試，游過二十五公尺，結果程莉莉在學期成績考核交報告，這還是男老師最後的妥協。

不過這些未來的事情，陶晴不能說。

李老師宣布完這學期成績考核標準，「好了，大家跑完操場三圈就自由活動吧。老師這堂課臨時有事。」

一聽到要跑步，女生們發出哀嚎的聲音。

陶晴老神在在，不擔心年輕的身體會跑不動。以前她體育課很喜歡跟班上的同學嘰嘰喳喳聊天，能偷懶就儘量偷懶，年紀大了以後，每個月會提醒自己，至少要去戶外動一次。

回到過去後，她還沒照鏡子看看十二年前的模樣呢。算了，不看也罷，以前長像蠢蠢的，不過她很喜歡現在的身材，穠纖合度剛剛好，十二年後的自己因為壓力太大、作息不正常，胖了一圈，老是被簡凌雲開玩笑。

有一天晚上，他陪她去搭捷運，原本說要叫車送她回家。後來她改變念頭，想搭捷運，在等列車進站的時候，捷運安全門上反射出他與她的身型。

陶晴那時候看得醉了。

一百六十公分的陶晴站在一百八十公分的簡凌雲身邊，有著小鳥依人般的速配。她很喜歡這樣的身高差距。

沒想到，簡凌雲竟說：「嗯……我覺得胖得程度應該不只妳說的那些。」

當下陶晴聽了很傻眼，不過簡凌雲不是第一次開玩笑說她胖了。有一次兩人爬樓梯，她走在前面，他竟然說：「屁股大還膽子這麼大，居然敢走在我前面？去走我後面，別讓我眼睛不知道往哪看。」

怎樣啦，她是胖啊！胖到想當躺平族啦！

陶晴雙手扠腰地說：「那拜託你走快一點好嘛！」全世界只有他敢這樣說！

他的眼睛瞇起來，聲音依然柔柔的，而且十分誠懇：「可是我喜歡慢慢走、慢慢來，圓圓的晴沒有不好，我可以接受。」

「接受什麼啊……」慢跑中的陶晴想起往事，不得不說，當下她心律不整，每次開玩笑嘲笑她的身材，可是都用無比認真的眼神說可以接受。她真的沒有因他的話受傷，反而暈船了。

「接受什麼？」程莉莉湊過來詢問。

陶晴嚇了一跳，「嚇！妳不是跑在我後面嗎？」

「晴，妳是白天打工累傻啦？我早就跑多贏妳一圈了，是妳太慢！」

班上女生加快速度，想趕快跑完去司令台坐著休息聊天。

「欸，妳剛說：『接受我的胖？還是接受我的人？』什麼意思？」

程莉莉眼睛亮亮的，她擁有外雙的大眼睛，眼睛十分漂亮，靈動有神，高挺的鼻子，笑起來還有可愛的小酒窩，五官深邃，常被以為擁有混血血統，陶晴從高中認識到未來十二年後，依然如是認為。

「妳聽錯了。」陶晴本能裝傻，加速往前奔跑。

「哪有！妳是不是有什麼祕密瞞著我？」

程莉莉纏起來的功夫不容小覷，只不過陶晴淡忘很久了，百米加速奔跑，程莉莉不屈不撓追在身後。

「哪有祕密，妳都知道我所有的醜照了，搞不好還把我的醜照保留到十二年後！我都嗅到陰謀了。」

陶晴還記得，有一次跟程莉莉聊天時，她竟然把簡凌雲跟自己的合照傳過來，大放厥詞說：不是說他沒找妳聊天嗎？妳主動一下，拿這張照片去嚇他，包准他嚇壞。

陶晴還想嗆程莉莉，妳看起來會拿以前照片威脅我！

當時簡凌雲與陶晴的模樣十分青澀又蠢，他拿著成發的立牌，與她合照，還有兩人靠得很近的自拍照，這是十二年後，他們僅有的高中時期合照。

算算時間，那張照片發生的時間還沒到，沒有意外，這學期會發生，詳細的日期，陶晴不記得了。

「不一定吧……我哪有這麼壞啦！」程莉莉摸著下巴思索，「可是我的確有收藏照片的習慣。」

一個疏忽，陶晴已經跑遠了。程莉莉快馬衝刺，與陶晴並排奔跑，完全忘記自己多跑一圈。

「欸欸欸，別扯開話題，快說！」

陶晴從來不知道她這麼八卦，為了不讓她發現回到過去的祕密，陶晴靈光一閃，指著商管大樓一樓。

「永安在前面！」語畢，陶晴再度全力衝刺，把突然煞車的程莉莉遠遠甩在後面。

「啥！」程莉莉連忙撥弄頭髮，就怕自己的形象毀了。

「哈哈哈哈哈！」

陶晴笑翻了，很久沒有開懷大笑過，畢業後至出社會，體驗社會現實的殘酷，多少次她很想回到學生時代，感受無憂無慮的生活，儘管考試很煩，卻不及社會工作的煩悶。

陶晴的笑聲糅合在偌大的操場，同班同學三五成群坐在籃球場，白色的燈光映照出和樂融融的夜間部生活。

「陶晴，妳騙我。」程莉莉大喇喇坐下。

「開玩笑的。」陶晴一直知道程莉莉心中有個難忘的初戀。「我們跑完要幹嘛？」年輕的身體果然不一樣，此刻的陶晴感覺到很喘而已，體態上沒有絲毫的疲憊。

「吃晚餐。」李茹雯說。

「這麼瘋？」上課時間吃東西，陶晴上大學後都不敢這樣做。

「吃飯聊天啊，老師不是說自由活動嗎？」程莉莉理所當然地說。

「不運動嗎？」

「陶晴，妳吃錯藥喔，以前都是妳帶頭坐在操場吃飯欸！」

「啊喔喔……」過太久了，陶晴早已忘記以前的瑣碎事情。她只是很懷念以前上體育課的日子，難得有機會跑操場，不跑個夠行嗎？

陶晴回到教室把吃一半花生厚片拿到操場，剛走近，看見程莉莉和李茹雯聊得很開心，還有其他小團體的女孩子，拿著相機拍照，這時候的手機功能比不上相機。

這個日子真美好呢！無憂無慮，沒想到那間茶館真的能讓人回到過去。陶晴想起荷小姐說的有緣人，會不會她剛好闖入結界之類的？

「嘿，妳幹嘛一直看著我們？」李茹雯朝陶晴揮了揮手。
「我覺得很懷念，看見妳們蠢蠢的模樣，哈哈哈哈！」陶晴興奮地衝上前，抱住兩位閨蜜。
「陶晴，妳才蠢。妳去年校慶剪了一顆埃及豔后的瀏海。」
「別提啦，很糟糕！」
體育課在一片歡笑聲結束，下一堂課是班導的課。一開始剛畢業的時候，大家會相約回母校，但久了之後，同學各自有家庭、事業，相約返校的約定愈來愈難實現。在夜間部收掉的最後一年，是她最後一次看見班導方老師。
班導年紀約五十幾歲，一頭捲捲的橘褐色頭髮，身形圓滾滾的，但不是屬於肥胖的體型，反而很可愛，而且嗓門極為宏亮、中氣十足。
「程莉莉，妳又燙頭髮，燙回去！」班導方老師遠遠就看見一顆造型獨特的頭髮，宛如鶴立雞群，顯眼的佇立在人群中。
「蛤……」程莉莉來上課前，已經想辦法弄得看不出來，沒有很招搖了，沒想到依然被兇悍的方老師發現。
「我下周就要看見妳把頭髮弄回來！」
李茹雯低聲說道：「莉莉，燙回去吧。妳忘了上學期妳燙玉米鬚又被罵嗎？」
「有一段時間都是人人玉米鬚的年代啊，可是現在很流行捲髮耶，這花我不少錢，兩千五元咧！而且隔壁班也有人燙啊。」

「不用啦！過段時間方老師就忘了。」說話的是染了一顆金褐色頭髮的女生小溫，她的長相十分中性。

方老師抱著一疊資料夾走上講台，台下的同學安安靜靜，沒有人敢造次。因為方老師真真切切兇悍。

「十月中旬……十一月二十日是校慶，要規劃攤位的主題，程莉莉，下周我要看到同學的提案。」

「是！」行動派的程莉莉立刻規劃時間，在方老師下課離開後，走到講台請大家把攤位意見發表出來。

「再辦水果攤！」有人舉手說。

另外一人吐槽：「又想被方老師罵嗎？」

「賣糖葫蘆。」

「炒麵。」

「飲料，紅茶或冬瓜茶。」

程莉莉依序做紀錄，暗暗評估這些可行不可行。糖葫蘆很困擾，需要一台機器，這需要請廠商來，還要花錢租機器。

程莉莉突然在台上點名，「陶晴，去年我們攤位是水果攤對吧，叫什麼名字？」

「呃……」這問倒陶晴了，總不能說年代太久遠，她忘得一乾二淨了。

「攏來咧，水果攤。」一旁的李茹雯接手幫忙。

下堂課結束，李茹雯和程莉莉兩人開始聊起去年校慶發生的趣事，陶晴在一邊聽著，愈聽愈想笑，原來去年堂哥有來校慶啊。

「妳幹嘛不加入聊天，一直在偷笑。」

「我旁邊聽聽就好。」聊什麼聊，陶晴忘得差不多了，聊了也插不上話，反而露餡。

夜間部需要讀四年，一個晚上只有四堂課。晚間九點，是大掃除時間，大家開始分工合作，這一周輪到一班要掃廁所，少部分的女生已進廁所打掃，陶晴是負責擦窗戶，看見班上稀有的三位男同學提著垃圾走出去，便喊：「嘿，三劍客！要去倒垃圾啦？」

其中一位是中途轉來的高個兒，再來是一位瘦巴巴的男生，最後一位是長相好看，擁有高挺鼻子的男生，可惜太矮，身高只有一百六十五，這對男生來說是很心痛的身高。

這所學校不是女校，科系都是商業類、設計類，尤其是夜間部只有商業類，讀商科的女生佔大多數，班上只有三個男生，垃圾一袋袋很重，這三位男生被賦予重要騎士任務——專門倒垃圾。

「欸，阿肆，這袋順便！」程莉莉拍了拍一百六五身高的男生，沒等對方接受，強行塞到對方手裡。

陶晴語重心長地說：「程莉莉，對他好一點，你們以後或許是同班同學，彼此互相照顧嘛！」

程莉莉與阿肆互看一眼，後者無奈笑了笑，前者則翻了白眼，「最好是，我們下學期過完就畢業了，而且平常又沒常聊天，怎麼可能湊巧同班同學。」

「嘿嘿嘿。緣分很難說啊，搞不好妳們還會一起去餐廳吃飯，單獨喔！」陶晴露出意味深長的微笑。

程莉莉皺起眉頭，被陶晴的話搞得全身不自在，轉身匆匆離開，「妳很閒的話，幫我掃地好了。」

「陶晴，妳說起謊來挺厲害的。」阿肆拋下一句話便和兩劍客離開。

而陶晴只是笑笑的，沒有為自己的真話或謊話辯解半句。

結束最後一堂課，四〇一教室隔壁就是女廁，放學前，陶晴特別去上廁所，重新打理外貌。一見鏡中的自己，因為今天有體育課，身上穿的是運動服，白色的底，淺藍色領口，以及淺藍色長褲，更讓她驚愕的是，現在她的頭髮有離子燙過。

陶晴以前沒有染髮的習慣，髮量很多，有些許的自然捲，當時流行離子燙，以十二年前的評價來看，不難看，若以十二年後的眼光來看，她不忍直視。

不過呢，難得可以親眼看見以前的模樣，陶晴非常珍惜。

「晴，走了！」李茹雯在廁所外面喊。

嗯，時間差不多到了，待會會遇見他。

一夥人從學校側門離開，沿路直直走到捷運站，路程約十五分鐘。進站後，他們站在手扶梯下來的其中一個中段位置的月台前。

陶晴腦袋裡正想著，好久沒有在這站上下車了，這裡靠近信義區。

「欸欸欸，他來了。」李茹雯突然壓低嗓音，在陶晴耳邊細語。

陶晴若無其事朝他們望了一眼，一抹高瘦的身形躍入眼底，然後若無其事的轉開視線，雖然很想直勾勾盯著他看啦，可是膽子又不知道如何被勾走了。

很想再次見他十二年前的模樣。儘管只有短短一、兩秒鐘，他今天的穿著、髮型，以及青澀的青少年模樣勾起腦海的回憶。

「晴又變成高冷美女了。」程莉莉在一旁嘻笑。

「他有看我嗎？」不可否認，陶晴每次見到簡凌雲都會害羞，不敢直視，怕多看一眼，會被發現她心裡隱瞞的祕密。

「有。他旁邊的鳳梨頭和小胖經過我們身邊時，這樣推推他。」程莉莉悄悄用手肘示意動作。

「他是不是發現我喜歡他？」

「不知道。但是他旁邊那兩個人動作好明顯。」身為好朋友，李茹雯雖然對他們三人幫沒有特別意思，但會幫朋友留意。

陶晴驀然想起與簡凌雲公園坦白的那天，他說我不知道原來我在妳心裡那麼重要。是什麼原因，讓他感覺到她若有若無？關係要怎樣才會變親密？

程莉莉拍拍陶晴的肩膀，笑到快岔氣，「哈哈哈哈，妳看金風！」回神的陶晴順著程莉莉的目光看去，簡凌雲正摸著頭髮，這時間正值列車進站中，月台吹起一陣強風。

有一次放學後，陶晴與程莉莉、李茹雯站在月台搭捷運，當時捷運沒有設置安全門，列車進站時，會有一陣強烈的風吹來。愛護形象的女生會壓著瀏海，可是她沒有想到，站在間隔兩道車門附近的高大男生也會做相同的動作，從那時候起，她就對他印象深刻。

簡凌雲、鳳梨頭、小胖，他們是形影不離的三人組，類似自己班上三位的稀有男生，他們是三〇一班，是直屬學弟。

鳳梨頭是一位長相不賴的學弟，就是那顆鳳梨髮型很突兀，小胖身形圓滾滾，十分可愛。

金風，刻在我心裡的十二年名字——這句話成為陶晴心中唯一的枷鎖，或許不是十二年，而是一輩子。

「不過他今天的鳥窩好像比較正常了。」暑假前，程莉莉在月台看見簡凌雲的新造型，ＱＱ捲捲，很像鳥窩，除了金風的綽號，他又多了一個鳥窩頭。

「都好、都好。」陶晴笑了笑，不管簡凌雲的鳥窩頭多嚴重、多搞笑，她都很喜歡。

「唉唷，好閃喔！」程莉莉搞笑的摀住自己的眼睛。

「莉莉。」陶晴忽然喊道。

「幹嘛？」此時程莉莉是背對手扶梯的方位，只有陶晴可以看見手扶梯下來的人是誰。

「永安。」陶晴低聲說：「後面。」

「誰信妳鬼話。」晚上被騙一次，程莉莉不是傻子被騙第二次。

「真的啦！」

「放屁！」

緊接著，陶晴看見程莉莉渾身僵住，因為那位心儀之人，正從程莉莉身邊經過。永安的身高和金風不相上下，陶晴和五班的永安他們不熟，只能大約用目測的方式評斷。

程莉莉急得兩腳直跳，「怎麼辦，他是不是聽到我說放屁，這樣是不是覺得我很不淑女啊？」

陶晴興災樂禍的說：「我就說啦，誰叫妳不相信我。」

「是妳今天體育課騙我！」程莉莉並非講話粗魯，只是個心口直快的女孩。

李茹雯冷靜地判斷：「應該沒聽到。」

往台北車站方向列車進站中，陶晴往左右兩側分別看去，心中感到甜甜的，回到過去後的第一個晚上，可以看見心儀的對象。

「我先走囉。」李茹雯搭乘的方向是往南港。三人揮手道別後，陶晴和程莉莉進入車廂找位置，剛好他們進入的車廂，沒有兩人的空位。

陶晴見程莉莉左右張望，拉著自己朝右邊走去，「妳要去哪？」

「我們去坐金風附近。」

「不要啦！」陶晴聞言甩開她的手。
「害羞啥啦。」
陶晴反其道而行，「我們去坐永安附近。」
「我不敢啦。」這回換程莉莉百般推拒。
「哈哈哈，不敢還說我！」
最後兩人在靠近永安的附近找到兩人座位，離永安有一小小的距離。
抵達台北車站，陶晴家住在這附近，而程莉莉往南勢角線，十二年前，新店線和南勢角線都有直達台北車站，在捷運路網圖上，橘色的南勢角線和綠色新店線在中正紀念堂至淡水為紅色。
她知道簡凌雲住在七張，上手扶梯，在通往紅線的轉線處，陶晴沒有見到簡凌雲，也許淹沒在人群中了。
「妳在看什麼？」準備和程莉莉分開，發現她正不曉得在關注什麼，陶晴凝神打量，然後曖昧笑了笑。
「沒什麼，可能是我看錯了。」
陶晴笑得樂不可支，慫恿道：「他都在永安捷運站下車不是嗎？趕快追啊，跟他同個車廂。」
程莉莉只有猶豫一秒，立刻像陣風和陶晴道再見，風風火火去搭捷運，「掰掰掰掰啦！」

「身體比嘴巴誠實呢。」陶晴笑歪了。

回到舊家後，陶晴躺在床上。這棟建築物很久了，三層樓都是自家的，三樓鋼琴房仍掛著清朝某位祖先的照片。研究所畢業後，已變成危樓，這才搬家到其他地方。

「我許下的願望是，想要跟簡凌雲談戀愛，可是要如何開始？我與他早以忘記怎麼認識的。如果真的談戀愛了，現在的他未必會給我幸福，正如十二年後他說的，當時他是個屁孩。」

陶晴長嘆一聲，戀愛果然是件煩惱事，如果真的改變過去，未來的他會不會產生什麼效應？會不會明天醒來後，回到十二年後了呢？

【章四】

孤單北半球

隔天中午，陶晴是被夢境驚醒的。她夢見在未來，與簡凌雲曾有一次討論感情的交流時光，然而那時候她沒有勇氣、舉棋不定，再加上他剛跟前女友分手一段時間，是屬於單身自由的時候，沒有完整回答出內心的答案。

客廳電話聲響起，爸爸和弟弟各自出門上班和上課，她匆忙奔到客廳，接起電話：「喂。」

「陶晴，妳今天沒來上班！」

上班？不知道是不是剛睡醒，陶晴還沒回神，她抬頭看了眼時間，這一看精神回來了。

「老闆，非常抱歉。我睡過頭了……」難得回到過去，陶晴不想要一回來面對打工，她想要多回學校亂晃，於是想了個理由。「而且今天下午我社團要練習。」

「陶晴！」

她可以聽得出來，飲料店老闆正在噴火中。

「老闆，你就放我一天假嘛！」陶晴甜甜道謝，嘴甜，事情都好處理。

「那妳明天要記得。」果然老闆的語氣緩和很多。

「我知道啦，謝謝老闆！」

掛上電話，陶晴回到房間，快速梳洗，看了一下班表，今天沒有體育課，換上學校制服，白色襯衫和黑色長褲，襯衫左胸口繡上藍色的班級數字和學號。

拎起黑色書包，陶晴雀躍奔出門，今天她打算到社團室熟悉吉他，回到過去後，開學第一天舉辦的社團表演已經結束，新生們也已選擇想要加入的社團。

她記得十一月有一場成發表演，自從踏入社會後，她很少碰吉他了，如果這個時候不練習，成發肯定開天窗。

抵達學校的時候是下午兩點，學校沒有規定非夜間部上課時間，夜間部不能入校，社團教室位於教學新大樓，爬上坡後從正門進去，就是一棟棟比商管大樓還漂亮的新大樓，圖書館也在新大樓。

來到一樓的吉他社教室，日間部學生正好沒有使用吉他社教室。陶晴用學生證去跟教務處借了一把鑰匙順理成章進去。

她對吉他社教室沒有印象，裡面除了課桌椅，有一部分是收藏樂器的地方。陶晴打開空調，走進小倉庫，拿起一把順眼的吉他。

拉了張木頭椅子坐下，陶晴試著調整琴弦，測試音質有沒有跑掉。她沒有翻閱桌上的樂譜，沒有半點猶豫決定一首歌。

因為這首歌的歌詞真的是她的寫照。

刻在我心底的名字
忘記了時間這回事
於是謊言說了一次就一輩子
曾頑固跟世界對峙

覺得連呼吸都是奢侈
如果有下次　我會再愛一次

歌曲：刻在我心底的名字／詞曲：許媛婷、佳旺、陳文華／編曲：黃雨勳／演唱：盧廣仲

試著彈完第一段，正巧目前社團教室沒有人，陶晴抓到感覺，張口清唱，可是礙於某些原因，她清唱得很小聲。

優美的曲調從她嘴裡唱出來，陶晴一邊彈奏，眼眶裡氤氳朦朧的傷感，她彈得小心翼翼，沒有完全陷入悲傷的情緒。

吱呀……細小的推門聲震動了陶晴耳膜，弦聲戛然而止。

「誰？」她倏地轉頭，聲音充滿警戒，卻無預警對上一雙明亮的棕色眼睛，斯文的臉龐流露出好奇玩味的笑，十七歲的他，少了十二年後的成熟與陽剛味。

是簡凌雲！

他斜靠在門板，黑色制服長褲十分修飾他與生俱來的長腿。

「抱歉，打擾到妳了。我覺得很好聽，忍不住站在妳身後，偷聽一會兒。」

這場見面，她完全沒有記憶！曾經有一次，她問過他：我們之間怎麼認識的？但他答不出來，她更是記憶模糊。

怪了，是不是這趟回到過去，她不小心做錯某件事情，結果引發未來的變化？聽荷小姐的說詞，假如真的與他談戀愛，會出現三個結局，喜劇、悲劇、開放式結局？

簡凌雲悠哉悠哉走過來，一雙眼睛在桌面打轉，可是沒有看見翻開的樂譜，偶爾會聽流行歌的自己，沒有聽過那首歌，這首歌旋律很好聽，只要有發表出來，他肯定知道。

「學姊，剛才那首歌叫什麼？我沒有聽過，很好聽，可是歌詞好悲傷。」

陶晴心中打個唐突，這絕對不能說！這首歌是二〇二〇年一部同志題材電影《刻在你心底的名字》電影主題曲，盧廣仲所唱。

她太不小心了，竟然犯此大錯！

「我、我忘記了，那是隨便亂彈的，沒有名字。」

陶晴閃避簡凌雲灼灼的目光，隨著高大身軀的逼近，她感到空氣稀薄，明明就待在冷氣房裡，她竟感到熱。

「騙人。那妳的眼睛為什麼紅紅的？」高大的身軀蹲下來，簡凌雲托著下巴，略略揚起內雙的眼睛，用著高深莫測的雙眼凝視著。

陶晴坐在椅子上，幾乎與他同個高度，兩人的距離很近，她可以聞到他身上一股清香，這股味道說不上來，因為十二年後的他仍有這股味道，清新與乾淨。

「學姊？可以告訴我那首歌的名字嗎？」

陶晴有點被這股體香薰昏頭，看著他迷人的目光，不禁臉紅耳熱，險些脫口而出。

「我、我不知道！」她轉過身，抱住吉他。

「好吧。我會等學姊願意說的。」他露出失望的表情。

這麼好打發？陶晴意外地朝他拋去一眼。

看他一臉的哀怨，陶晴訕訕摸著頭髮，不用她說，未來等電影上映，他自會知道。

哀怨完後，簡凌雲變臉的速度極快，瞇起的雙眼透出一股狐狸味的氣息，「學姊，那可以彈孤單北半球嗎？」

「啊？」陶晴心頭狠狠一跳。

「補償我聽不到剛剛那首曲子。」簡凌雲刻意用直屬來強調彼此的關係，「學姊要對學弟好一點，而且我們是直屬。」

身為直屬學姊，本來就要對直屬學弟妹多加照顧。

「為什麼特別挑這首？」

陶晴沒有問過未來的簡凌雲為什麼非要她彈奏孤單北半球，現在她很好奇，也許年輕的簡凌雲，會直白的坦承。

「我很喜歡聽妳彈孤單北半球。」他的眼神十分真摯。

「為什麼會喜歡這首歌？」喜歡有原因吧？陶晴如是想。

「因為妳吧。」

他很自然地說出，沒有半點遲疑、沒有半點猶豫，猶如呼吸一樣自然。

陶晴心臟狠狠一震，握緊吉他。

不愧是簡凌雲，擁有帥氣外貌，以及溫柔的嗓音，就連嘴巴也很甜，甜到一個心坎裡了。

這絕對是要翻船溺死的節奏！

「好。我彈，你要唱嗎？」陶晴主動提出邀約。

簡凌雲搖頭拒絕，「不要。因為我怕會……」他沒有把話說完，有種刻意勾起好奇心的欲言又止。

「會什麼？」陶晴很期待後續的話，因為想知道他會不會說同樣的話。

「等妳彈完再告訴妳。」簡凌雲蹲麻了，索性盤腿坐下。

陶晴將吉他放在腿上，擺好姿勢，這首歌的曲譜滾瓜爛熟，不需要翻樂譜。熟稔的彈奏手勢，陶晴緩緩開口吟唱——

少了你的手臂當枕頭　我還不習慣
你的望遠鏡望不到　我北半球的孤單
太平洋的潮水跟著地球　來回旋轉
我會耐心地等　等你有一天靠岸

歌曲：孤單北半球／作詞：Benny.C／作曲：方文良／演唱：歐得洋

簡凌雲的手搭住椅背兩側凸出來的椅頭，一瞬不瞬瞅著她，眼底柔光滿溢。

起先，陶晴朝他投來一眼，發現他的眼神十分專注，就像他們未來在公園坦白的夜晚，他對她的眼神依然如故。

又一個回憶湧上陶晴腦海，同樣的酸甜，同樣的五味雜陳。

十二年後的某一天，簡凌雲跟朋友在ＫＴＶ夜唱，拍了一張照片給她。當時陶晴只注意桌面擺放一罐罐的啤酒和食物，以及ＫＴＶ包廂的背景。

沒有聽過簡凌雲唱歌的陶晴很想聆聽一次，於是提出要求。

FENG：「在ＫＴＶ唱歌比不上伴奏是吉他。」

CING：「那背景音樂都不要，清唱兩句就好。」

FENG：「但我還是認為配吉他比較好，不然妳拿吉他過來，我就清唱。」

CING：「為什麼非要吉他啦！」

FENG：「吉他配歌聲，很適合告白的氛圍啊。」

告白？！陶晴剛才故意問年輕的簡凌雲要不要清唱，便是這個原因，他是否這時候會說告白二字。

後來，當時她沒有留意到螢幕的歌詞，傳給朋友看後，朋友卻注意到螢幕的歌詞，看完覺得他很自私。

陶晴將簡凌雲拍的照片，螢幕中的歌詞細細看了一次，事後想了又想，似乎梳理出一些眉目。

路過了學校花店荒野到海邊
有一種浪漫的愛是浪費時間

歌曲：兜圈／曲：林宥嘉／詞：陳信延

那時候簡凌雲剛跟前女友分手不久，卻三不五時找陶晴聊天，主動想話題。有部分的原因是前女友之前把他的交友圈限制住了。他找不到人吐心事，陶晴是他的絕佳人選，而她對他向來容易心軟。

沒辦法，她就是喜歡他，拿他沒有辦法，不論他提出什麼要求，不論這些要求和行為使她受過多少次傷，她總會不斷、不斷的妥協每一次，她依然對他心甘情願，像傻子愛著他，包容他。

那段時間，她就是他的垃圾桶。

陶晴跟簡凌雲說過：你們最後沒有結婚，我很驚訝。

簡凌雲：為什麼？

陶晴：沒有為什麼，就是單純以為會。

簡凌雲：其實，我也以為是。

陶晴：之前聽你說除了對方想婚，還有生活習慣意見不和，我是覺得雙方都要溝通，互相改變。

然後簡凌雲沉默了，接著才說：不是有沒有溝通的問題，是溝通了也沒有用，她控制我，生活習慣差等等。總之我也不知道為什麼變成這樣。

陶晴現在覺得，不是不知道為什麼分手，而是不愛了。或許他們之間有個引爆點，包含性格磨合的問題。一對情侶如果有共識，彼此間能互相溝通及努力，不至於走到分手。

他的確自私了。

可是不否認，也許這首歌正突顯出當時他的心境，對於分手，他很糾結。

你對前女友的浪漫真的是浪費時間嗎？

一曲終了，陶晴抽離回憶。

「好想再聽一次。」簡凌雲一臉著迷。

「學弟，你得寸進尺了。」想到兜圈那句歌詞，陶晴的心情沉到谷底，口吻變得十分冷淡。她起身將吉他放回保護袋。

「如果能對妳得寸進尺就好。」

陶晴走到小倉庫的半路，隱約聽見簡凌雲似乎說些話。

「你剛說什麼？」為了聽清楚他的聲音，陶晴半路折回。

「一把吉他、搭配吟唱一首歌曲，很適合做一件事情。」簡凌雲依然坐在地上，一手搭在椅背，姿勢瀟灑且風流，那隻手搭的位置，再稍微往前一點，就可以搭住她的肩膀。

但是陶晴知道他不會，未來的簡凌雲是連擁抱都要詢問她能否抱一下。

你是要說告白嗎？陶晴張了張口，最後把這句話嚥回去。將吉他放回小倉庫，陶晴預備把椅子推回原位。

「學弟，現在還不到夜間部上課時間，你為什麼會來？」

「圖書館。」

聽見這個回答，陶晴先一愣，從以前便覺得簡凌雲愛玩不讀書，看似不羈、懶散，實際上他學習力很強，她記得他的成績在三〇一不爛，班級前十名。

「我可以叫學姊，晴嗎？」明亮的眼神盯著陶晴，一如昔日詢問是否能抱一下，專注且誠懇。

「你為什麼知道我的名字？」陶晴嚇了一跳。

「祕密。」簡凌雲食指按住她的嘴唇，微微一笑。

這、這、這……！她雖然有稍微碰過未來簡凌雲的手指，但從來沒有用嘴唇去觸碰！

陶晴呆了呆，他的手暖暖的，壓在唇上的觸感很微妙。未來她只吃過他親手剝的蝦子，透過食物去感受他的疼寵。

「凌晨的凌，雨云的雲，簡凌雲。學姊，妳是日青的晴！」

我們是時晴時雨——陶晴險些順口說出來。她低頭，手指順手將垂落的黑色髮絲往耳後勾，嘴角帶著溫柔恬雅微笑。

「晴，為什麼妳一點都不驚訝？」簡凌雲站起來，向她微微傾身。

「我有驚訝啊。」陶晴面不改色撒謊，總不能說她從十二年後而來，早就知道你的名字。

簡凌雲嘴角一撇，「騙人。晴的表情太明顯了。」

「怎樣明顯？」陶晴向後退一步，不自在地用手勾了勾髮絲。

「溫和柔順、沉靜文雅。」

陶晴怎麼想、如何臆測，永遠猜不出來簡凌雲會用成語來形容，每次他的回答總讓她意外，無法預料，一如往昔無法臆測他的心態、他的情感。

「你在賣弄文學造詣嗎？」陶晴無力地笑了笑，然後轉身步出教室，「我要讀書，這裡我要先上鎖，你出來吧。」

簡凌雲跟在陶晴身後，一起離開。鎖門的同時，陶晴發現他仍站在身邊，側身靠著牆壁，一副慵懶的模樣。

「離晚上上課還有時間，你不用讀書嗎？」

簡凌雲聳了一下肩膀，「會呀，不過，不急。」

陶晴正想說怪人，沒打算理會。就聽見他興奮地說：「欸，晴晴，我們來打賭，十月的期中考，假如我贏了，妳彈孤單北半球給我聽，要加唱喔。」

心，怦然一動。聽見他喊著自己的名字，胸口漫著一股親暱和熟悉的感覺。

晴晴叫得真自然。所以是從這時候開始，他就叫她晴晴了？

「比哪一科？」她沒有印象以前有跟他比過賽，這是回到過去後，新產生的事件，會增加與他相處的機會嗎？

簡凌雲沉吟一會兒，道：「英文。」

「好。」陶晴沒有猶豫。

「我聽說四〇一班導很厲害，你們英文應該不錯。」聽見陶晴的回答，簡凌雲又露出狐狸般的微笑。

「呃……哈哈哈，對呀。我們英檢通過率滿高，可是除了我……」

方老師確實雷厲風行，作風強勢，高壓政策把英檢達成目標，可是她的中級英文沒有過，差一點點……

「對呀，不過我覺得我輸定了。那就這樣決定囉。」他伸出手，「晴，我可以握妳的手嗎？」

陶晴看著他的微笑，低頭僅僅瞅了眼乾淨寬大的手掌，回以莞爾的微笑，握住他的手心。

「掰掰，晴。」簡凌雲瀟灑轉身，朝她擺擺手。

陶晴背過身，跨步朝教務處走去。輸定嗎？簡凌雲，未必喔！我是故意的，因為我知道你會贏。英文科目就屬你最強，之所以答應你，是因為我想要增加機會與你相處。

※※※

期中考在校慶的前一個月，由於升上高四，班導特別向教學新大樓借教室讓班上同學能有地方讀書，租用時間從下午兩點至下午五點。

程莉莉和李茹雯相約到學校看書，陶晴也跟打工的地方暫時請假半天，這是她以前不會做的事情。

儘管知道簡凌雲英文程度很好，根本不用比就知道結果，但陶晴不想浪費讀書時間，以前覺得讀書很痛苦，殊不知出社會後，工作會比讀書更痛苦。

以前可以有寒暑假，現在只有周休二日和國定假日。以前假日跑夜唱，隔天上課仍精神百倍，放學後跟一群同學吃喝玩樂，混到晚上十一點、十二點不覺得晚。

工作下班後，回到家第一件事情是換衣服倒在床上或沙發當廢物，假日也很懶得出門，只想窩在床上耍廢整天。

「今天我們吃什麼呀？」李茹雯看牆上的時間，已是傍晚五點整。

程莉莉著手收拾課本，「我想吃炒麵，超商旁邊的那家流動攤販，他們家的辣椒夠味。」

「妳不是鬧肚子疼嗎？」陶晴昨晚看見程莉莉把晚餐都吐出來了，跑到保健室休息一堂課。

「今天好多了，只是消化不良啦。」程莉莉現在迫切想要吃能提胃口的食物。

「不要吧。妳就休息一次，今天吃點清淡的，例如粥？」陶晴好言相勸。

「好啦好啦。」程莉莉拎起書包，「那我們分頭買嗎？」

「阿茹，妳吃粥嗎？我今天想喝珍珠奶茶，可是離粥店不同方向，妳們可以幫我買？」

「又喝！」程莉莉看到黑影就開槍，「說我不能吃辣，結果妳自己每天都喝珍奶。」

「壓力大忍不住咩，嘴裡很想咬珍珠。」

這個壞毛病直到十二年後，陶晴仍然沒有改進，年輕時代謝好，邁入三十歲後，代謝能力變差，變胖多少有吃甜食的因素。

李茹雯收拾完畢，拎起書包，走到陶晴的桌旁，「這幾天看妳一直在看英文，還是妳要問阿森？阿森從國外轉學回來，英文不錯。」

阿森是班上三劍客，最高的那位，因為家裡事業的關係，從國外轉學回來，從高二加入四〇一班級，因為長得高，像一棵巨木林，大家都稱為阿森。

「對耶，晚點下課找時間問阿森。」陶晴也跟著拎起書包，順口問道：「莉莉，妳讀得如何？」

「沒有怎樣啊，就是複習再複習。」

「考試放輕鬆就好，我知道妳會考上校排前三。」

「最好是。」

程莉莉發現陶晴講話愈來愈古怪，總說些好像看得見未來的預知話。

「學霸程莉莉。」李茹雯打趣說道。

三人從校大門離開，沿路下坡，來到超商各自分開。

陶晴過了一個街口，來到飲料店前，點了一杯微糖、去冰的珍珠奶茶。

拿著飲料，陶晴轉身的時候與慢步走來的簡凌雲對到眼。她微愣住，而他正跟鳳梨頭還有小胖聊天，看見她的時候，明顯話聲頓了一下。

從上次吉他社教室分開後，陶晴偶爾會陪學妹去三樓，在樓梯間遇見簡凌雲，偶爾會在操場遇見、偶爾在活動中心遇見，每天晚上放學，他們都搭同一輛列車，可是不同車廂，依然沒有互相打招呼。

陶晴想，果然是自己想太多了。目前的走向仍和以前一樣，彼此見面不會打招呼。她不喜歡鳳梨頭和小胖的眼神，所以看見簡凌雲的時候，她的表情十分冷淡。

這是好友俗稱的高冷表情。

現在，她看見鳳梨頭和小胖提肘推了推簡凌雲，若有似無的打量，這種表情她不知道如何講，就像你走在路上，有一群人在你經過的時候，悄悄打量，又不想被明顯發現，做出小動作。

這兩個毛頭小子究竟是啥意思？

讓他們三人組先過，陶晴沉默地走在後面，簡凌雲不發一語聆聽鳳梨頭和小胖在聊遊戲，天堂I屠龍者、魔獸爭霸III的信長之野望、三國無雙等等，或者電腦版網路遊戲，她不懂遊戲，唯一知道的是程莉莉曾經玩過仙境傳說。

她又看見鳳梨頭和小胖悄悄回頭，動作不明顯，她卻看得一清二楚。

陶晴不想要走在他們前面，那會使得芒刺在背，完全不知道他們看她的眼神，她寧願放緩步調，聽他們男生聊遊戲聊得興高采烈。

進入校門，穿過活動中心外面的廣場，進入商管大樓。他們依然走在前面，偶爾會有一些比較晚離開的日間部同學下樓。

終於熬到三樓，他們三人拐過轉角，朝教室的方向前進，而陶晴加快步調，回到四樓教室。

「晴，妳買個珍珠奶茶買這麼久！」李茹雯從出校門到買完粥，回到學校只花三十分鐘。

「看到金風他們了。」陶晴將書包放下，飲料擱在桌上。

李茹雯覷見端倪，「然後呢？」

「在飲料店遇到他們，我走在他們後面，鳳梨頭和小胖又用一種欠人打的眼神看我。」

「喔喔喔，可是我們看見金風來了，也會不停對妳使小動作。」李茹雯始終認為，他們與金風三人組的行為很明顯，相信雙方都有認知。

「是這樣沒錯啦。」陶晴不否認李茹雯的想法。

程莉莉一邊吃著海鮮粥，迫不及待分享稍早的事情，「晴，我今天進校門的時候被林教官盯上了。」

「為什麼？」

「這個啊！」程莉莉抬起腳晃動。今天穿的是運動服，寬鬆的褲管被一條繩子束緊。

陶晴猛然想起，以前大家都喜歡在腳踝的位置圈上一條細繩，一條好好的運動褲，變成束褲，她不知道這風氣怎麼形成的，就像以前國中的時候，學生都喜歡把褲子拉越低，變成垮褲，褲管過長，長時間就磨破了，搞得她常常看到同學的內褲外露。

「然後永安剛好也要進校門。」程莉莉哀號，撲過去抱住陶晴，「啊～～～晴，我覺得好丟臉！」

「而且她被叫到一旁，林教官嚴肅的勒令她脫掉繩子。」李茹雯訴說當時的情況。「我之前也被說制服褲改太緊，我看夜間部女生喜歡把褲子改得跟緊身褲一樣，日間部很少有女生改褲子耶。」

「林教官超兇的，她是夜間部最兇的女教官，游教官人比較好。」游教官是男教官，人好，也很幽默，容易跟學生打成一片。

陶晴想起流傳在夜間部的八卦，「在教官眼裡，我們難受控。之前調去日間部的教官後來說，日間部比較乖巧聽話。」

以前陶晴曾懷疑，是不是讀夜間部錯了，很多長輩都覺得夜間部是打混的學生才去讀，可是有些人家庭不富裕，必須半工半讀，如果可以，她想，沒有學生希望背學貸到畢業，犧牲真正的校園生活，而且夜間部畢業的人，未必未來不會有一番成就。

用完晚餐，開始夜間的課程，國貿課隨堂小考，打鐘下課的前五分鐘，老師讓大家把考卷往後傳一位，陶晴拿著紅筆，豎耳聆聽老師唸答案。

「ADCDD、DCBBA、ADCCC——」

陶晴忽然大喊：「抱歉，等一下！第六題我沒聽清楚，是D還是B。」

「晴，重聽嗎？」其中一個同學哈哈大笑。

「哈哈哈哈哈。」緊接著其他人跟著笑起來。

「我只是分不清楚B、D！」唉。這個壞毛病回到過去又發作了。

幾乎每一次小考，不論老師、小老師，或其他同學唸答案，陶晴老是分不清楚B、D，後來只要唸到B或D，大家都會刻意停頓一下，故意D用ㄓㄨ的方式唸。

隔天是期中考，今天的課程幾乎都是自習課，讓學生自己讀想讀的科目。陶晴將數學課本拿出來，埋頭苦幹練習數學題，不再看英文課本。

如果數學考太差，恐怕會被主攻數學的班導唸到煩。這天晚上，班上同學十分合作，一群人圍在一起，相互幫忙解數學，數學小老師更帶領進度落後的同學複習。

時間來到期中考當日，陶晴四點多就到學校，坐在司令台吃晚餐，等日間部下課。五點整，日間部學生陸陸續續離開，陶晴回到四〇一稍作休息。

五點半的時候，班導方老師提前踏進教室，手中抱著兩疊考試卷。

「注意注意，現在學號尾數是雙號的，立刻去三〇一教室報到！」

方老師的話一出，下面的同學宛如熱鍋炸開，嘰嘰喳喳的討論，一聽到要交換班級考試，陶晴也呆了。

原來高中還有這件事情啊！

程莉莉寫了張紙條丟過去，「晴、阿茹，妳們幾號？」

雖然他們平常是好麻吉，但不會去留意對方的學號，倒是會稍微記得座號，基本上從入校開始到畢業學號不會變，例如入校時間是二〇〇六年的話是民國九十五年，95205０4-座號，民國九十五年，流水號205，０4為商管群的代號。

「我是二十八號，雙號，阿茹是二十號。」與李茹雯鄰近的陶晴順便把座號一併報過去。

「我是三十三號耶！我要跟你們分開了。」程莉莉看著班上同學紛紛移動位置，另外更聽見走廊傳來許多腳步聲和談話聲。

〔章五〕

梅花座的曖昧

陶晴對這樣的考試方式感到新鮮有趣，能到三〇一教室考試，她很興奮，隨著愈來愈靠近三〇一教室，心跳愈來愈快。

不知道簡凌雲是單號還是雙號？

「我剛好像看鳳梨頭和小胖去樓上了。」李茹雯瞅向表情淡定的陶晴，話一出口，淡定自若的表情瞬間崩塌。

陶晴抓著李茹雯追問：「這麼說金風可能待在原班？」剛才下來時，腦袋回憶的是對於期中考是換班的記憶。

「我覺得是。」李茹雯見陶晴焦躁的模樣，不禁笑道：「不用緊張啦，搞不好位置坐很遠。」

陶晴拎著書包，鎮定走向走廊底端的最後一間教室。

負責三〇一教室的監考老師是貌美的國貿老師，身材高挑，長髮飄逸，最重要的是講話非常溫柔，她也是三〇一班級的責任導師。

國貿老師將考試座位表用磁鐵吸在黑板上，陶晴和其他同學排隊進入教室，沒有看見隊伍中有簡凌雲的身影。

輪到她看座位表時，位置分布成梅花座位，橫縱向各十個桌椅，第一排第一個位置如果有人坐，左右兩旁的位置便不能坐，意思是，你前後左右都不會有人，這是為了防止同學作弊。

當她看見她的位置在縱向第五排、橫排第二位時，視線範圍內，也將周圍的同學名字看得仔細。

——簡凌雲，縱向第六排、橫排第一位。

「哇。」李茹雯低聲在陶晴耳邊說：「好近喔！」

陶晴嚴重懷疑，距離這麼近，會不會考試失常啊？

四年級和三年級混合入座後，簡凌雲姍姍來遲，他似乎剛從廁所回來，雙手沾著水漬，隨便在衣服上抹抹交差。

他看了一下座位，經過陶晴面前時，特別留意一眼，這一眼，並沒有人注意到，只有對他投以關注的陶晴發現。

考試時間一百分鐘，期中考第一科測驗是國文科目，試卷分為ＡＢ卷，Ａ卷是四年級科目，Ｂ卷是三年級科目。

國貿老師依序發考卷和答案卡下去，提醒作答時間和須在時間截止前，用2B鉛筆將電腦閱卷作答完畢，僅在考卷作答是不算分的。

時間靜靜流逝，陶晴對每科考試都很緊張，畢竟靈魂脫離學生時代已久，很怕考得比十二年前還糟糕，萬一不及格，會影響畢業證書。

窗外的蟬叫聲依舊鳴著，對夜間部來說習以為常，不會打擾到作答專注力。

一百分鐘後，國文科測驗結束，中場休息三十分鐘，一群學生結伴前往廁所。陶晴不想要現在去廁所人擠人，現在是人最多的時候。

她癱坐在位置，轉頭望了眼李茹雯的位置，她也正在伸懶腰。

一張紙條驀地拋到桌上，陶晴愣了一愣，左右張望，尋找可人丟紙條來的人，可是周圍只剩下坐在斜前方的簡凌雲，他正趴在桌上。

看起來不是簡凌雲丟的，那會是是誰丟的？

陶晴將摺成方形的白色紙條打開來——

晴

簡凌雲的筆跡……好像是他。陶晴對他高中時期的字跡沒有印象，倒是對十二年後他的字跡有印象。

他的筆跡十分端正和漂亮，儘管年代久遠，這不影響陶晴判讀。

這是什麼意思啊？就寫一個晴字，害她不知道該不該回覆。

思索了下，陶晴撕下筆記本的空白頁，快速寫下幾字。

熬夜讀書嗎？

李茹雯突然從後面拍了拍肩膀，「晴，我們去廁所，順便去找找莉莉。」

「好。」陶晴不會摺方形，只好隨便對摺再對摺，起身的時候順手拋給簡凌雲。離開教室，李茹雯拉著陶晴追問。

「妳剛才在幹嘛？」

「跟金風傳紙條。」陶晴說這句話時，人是害羞的，臉上的微笑很甜很甜。

李茹雯興奮起鬨，「哇！唉唷，不錯喔！是告白了嗎？你們不是都不打招呼嗎？是他主動傳紙條給妳？」

一連串的問題讓陶晴招架不住。她向後張望，確定沒有三〇一的學弟妹，這才小聲開口：「沒有告白啦，我哪知道他會寫紙條給我。不知道發什麼神經。」

「那他寫什麼？」李茹雯心知陶晴不想讓太多人知道，於是湊過去，小小聲詢問。

陶晴啞聲道：「……晴。」

李茹雯沉默，正等陶晴繼續說，沒想到就這樣結束了。

「就這樣？他有病喔！那妳回什麼？」

「熬夜讀書嗎？」因為陶晴看簡凌雲趴在桌上，應該是很累的樣子，所以關心詢問。

「是我的話，我真的不知道要回什麼。」李茹雯會選擇當作沒看到，「那妳還很高興，我還以為是告白咧！」

「告白喔……也許他不會告白，也許這次是我先告白。」陶晴喃喃自語，這一次回到過去，她有決心要和他談一場戀愛，不過呢，說的比做得容易，幹話誰都會說！

儘管如此，她不斷的告訴自己，一定要攻略金風！

兩人抵達四〇一教室，李茹雯先探頭瞧了瞧，確定沒有鳳梨頭和小胖，小聲地說：「其實我不喜歡熱臉貼冷屁股，我不知道他對妳有沒有這個意思，可是鳳梨頭小和小胖反應很奇怪，只要有妳經過的地方，和他們擦肩而過，他們的暗示是：欸，來了來了。」

陶晴和程莉莉分享考完國文發生的事情，三個女生窩在廁所一邊照鏡子，一邊聊得樂不可支。

「嗯嗯，我也認同阿茹的說法，我也不喜歡熱臉貼冷屁股。」程莉莉激動地說：「要不我們主動撩他？搶在那群學妹之前！」

夜間部男生實在少得可憐，像簡凌雲這種高挑的花美男，很受女生的歡迎。

「我覺得我被他撩還差不多。」這十二年間，陶晴沒少被撩到暈船過。

「什麼時候？」李茹雯說。

「對啊。你們不就上次吉他社那次有近距離交流嗎？那天發生的事情，妳還有沒跟我們說的？」程莉莉瞪大眼睛，就怕自己錯過八卦。

「沒有啦！該說都說了。」陶晴真想縫緊嘴巴。

程莉莉說：「晴，妳說我們要不要主動？因為我剛下課的時候，聽見鳳梨頭在跟他們班一位女生講話，那女生有跟金風單獨出去過。」

「妳怎麼偷聽的？」李茹雯詫異。

「鳳梨頭坐在我右前方欸，看到那顆頭，我真的好想巴下去！言歸正傳，交完考卷，我看到那個學妹跟鳳梨頭聊得很開心。」

「還不是時候。」陶晴摸摸下巴，果斷道。因為她跟簡凌雲的事件還沒進行到成發，到時候關係會有大躍進。

「那什麼時候才是時候？」程莉莉提出疑問。

李茹雯再補一槍，「等人跟學妹跑嗎？」

陶晴終於聽出他們的暗示，一邊笑著一邊捶兩位好友。

「欸！妳們兩個聯手起來嗆我喔！」

「哈哈哈哈哈。」李茹雯笑到岔氣。

「晴，妳剛思考的模樣很老成耶！很像社會人士。」程莉莉忽然正經八百。

陶晴心頭一跳，她的表情有這麼明顯嗎？

「可能打工關係吧，認識一些已經是社會人士的人。」

「好想趕快出社會喔，到時候工作有錢拿。」程莉莉白天沒有去打工，而是在家裡讀書，準備統測，偶爾寫寫散文或故事。

陶晴語重心長地說：「莉莉，珍惜現在，以後就會明白，讀書是件很幸福的事情。」

李茹雯靠在花台邊，「妳們會突然想到自己未來的模樣嗎？例如從事的工作、未來的感情發展。我只是突然覺得很感慨，踏進高一的時候，彷彿是昨天的事情。」

李茹雯的話讓陶晴有深刻的感受。十二年後的自己，偶爾會夢到高中、大學的時光，隨著年紀越來越大，她感覺時間流逝速度越快。

「有。可是我更喜歡現在，而不是未來。」陶晴臉色凝重，眉目間透出淡淡的傷感。

「我的未來一定有永安吧。」程莉莉捧著雙頰，露出喜孜孜的甜笑。

原本沉滯的氣氛因為程莉莉一番話，瞬間轉變，好友的話讓陶晴敞開笑容。

李茹雯在一旁吐槽：「叫晴主動一點，結果自己都還沒搞到永安的ＭＳＮ或電話。」

「那妳要積極一點，否則兩人只是一條不會相接的平行線。」陶晴嚴肅叮嚀，可惜程莉莉並不懂對方的暗示。

「欸，人總要懷抱希望啊，沒有希望就沒有動力！」程莉莉牽著兩位好友的手，「我希望可以看見晴和金風結婚，然後我和阿茹當伴娘啦哈哈哈哈！」

休息時間剩下五分鐘，陶晴和李茹雯先回到三〇一教室。回到教室的時候，仍有少部分同學尚未歸來。左前方的簡凌雲依然趴著，陶晴不知道他有沒有看見紙條。

她從抽屜拿出2B鉛筆預備，指尖猛地摸到一張薄薄的紙張，從抽屜捻出來。

打開前，她抬頭看了眼仍趴著睡覺的簡凌雲，再轉頭張望周圍的同學，既期待又怕受傷害的心態打開來——

熬夜讀書不是我的風格

噗哧。

笑聲忍俊不住從唇瓣溢出。陶晴咬了咬唇，眼神冷冷地將紙條收入口袋，若無其事從筆記本撕下空白頁。

她低頭用原子筆速寫完畢，趁沒人注意的時候，輕輕將紙條拋向簡凌雲的桌上。

簡凌雲單手壓住紙條，沒有回頭看陶晴，慢條斯理打開來看。

什麼才是你的風格？

陶晴看不見簡凌雲的表情，他的背影沒有任何動作，唯一可以看見的是，他拿著原子筆，低頭書寫。

她真的很好奇啊！

好奇盼來下一張紙條，簡凌雲沒有轉身，胳膊往後一伸，準確地把紙條丟到陶晴的桌上，速度快到讓人以為只是伸懶腰。

陶晴打開紙條：

我睡覺的魅力

噗——

「咳咳。」幸好陶晴反應極快，及時把笑聲往肚子裡吞。她轉頭看了眼李茹雯，發現她也是一臉好奇模樣。

陶晴炫耀般揚揚紙條，賊賊一笑。回過頭，正當她準備重複同樣的動作回覆，國貿老師踏進教室，展開第二場會計科目的考試。

陶晴將紙條丟進抽屜，收起玩心，努力完成會計考試。

會計考試結束，已是晚上十點放學時間。陶晴俐落撕下空白頁，在上面龍飛鳳舞寫字，然後搓成一團，趁簡凌雲背起書包，她隨之起身，經過走道時，強行把紙條塞進他手心。

陶晴知道這個動作很突然、很突兀、很害羞，不敢回頭看他收到紙條的表情，這是目前能做到的最最最主動方式！

李茹雯在教室後面等陶晴，將這一幕望入眼裡，見陶晴逃難似的快走逼近，她順手勾住陶晴的胳膊，就幫這一回好了。

步出教室前，陶晴忍不住回頭望了一眼，臉上浮現一抹赧色，夜晚的風拂來，黑色長髮在頰旁飄逸，那模樣十分柔美。

身材高挑的簡凌雲站在課桌椅中間的走道，他的周圍沒有其他同學，眸中閃過一抹內斂柔和的微笑，她的模樣彷彿永恆定格在眼底。

※※※

第二天期中考，監考老師依然是國貿老師，考試座位重新洗牌，陶晴依然坐在前面，縱向第一排、橫向第四位，靠窗的位置。簡凌雲再度坐在她的左前方。

陶晴心知肚明，今天會繼續和簡凌雲傳紙條，所以特地帶來黃色的便利貼，因為她昨天最後的那張紙條上寫——

那我希望這世界立刻停止

因為停止了，她便能毫無顧忌欣賞他自認為魅力的睡顏。

陶晴不知道哪來的勇氣，居然寫這種讓人摀臉害臊的句子，或許對時常撩人的簡凌雲來說，習以為常，不代表任何情意告白的語句，亦或許，他壓根不會聯想到她的情意。

昨天晚上搭捷運時，兩位好友笑翻，拚命狂虧她，她則是臉紅到可以煮蝦子。

「萬一他不接球呢？」李茹雯說出最壞的打算。

「呃……」陶晴沒想到這問題，因為未來都是她不接他的球，她會很直很直的拒絕。

例如多次的宵夜之約——

CING：「我要睡覺了，你也趕快睡，不然隔天上班會很累。」

FENG：「好。」

FENG：「假日那天空下來，去吃宵夜。」

CING：「不要，宵夜是肥胖的根源。」

果不其然，剛入座，陶晴收到簡凌雲拋來的紙條。今天紙條換了一個顏色，是白底、黑色格線的方形紙。

世界停止的話就看不見十八歲的晴了

十八歲啊……陶晴想起十二年後，簡凌雲爬山時對她說過的話：好想看看晴四十歲的樣子。我們從十七歲起，看過彼此的二十歲、二十五歲、三十歲，互相祝福每一年的生日快樂，直到你結婚後，我就看不見了，沒想到時間過得如此之快。

陶晴心中默默的呢喃。

陶晴轉著原子筆，眼神一凜，低頭一筆一劃書寫出她未來想知道的答案。

在世界停止前，你最想看什麼

不知道他會回答什麼，但是她最想看到的是，他寵溺她的眼神，而不是與他一起踏進婚姻殿堂的畫面。

陶晴暗戀簡凌雲，卻從未想過，未來的老公是他，從未想過他以老公的樣貌與自己生兒育女、扶持到老。

初戀之所以美好，是因為存有美好的幻想，是第一次心動的感覺，所以她從未對初戀有過進一步的幻想。

程莉莉昨日的話驟然浮現腦海——

「我希望可以看見晴和金風結婚，然後我和阿茹當伴娘啦哈哈哈！」

傻好友，妳的希望不會實現，但是我會為了自己而努力一次。若世界停止前，現在最想看見的是與他黑色西裝與她白色婚紗攜手邁入人生下一段旅程。

鐘聲響起，陶晴將便利貼對摺，丟給左前方的簡凌雲。

國貿老師發下ＡＢ試卷，今天第一科是數學科目。這門科目，陶晴昨天晚上回家後，複習重點試題，畢竟是班導的課，她要給方老師掙面子嘛，而且數學是畢業後沒有用到的科目，她幾乎忘得差不多了。

她不想考不及格，被方老師強迫寫練習題。

算數十分燒腦，時間過得也快。陶晴好不容易把五十題題目算完，已經沒有時間驗算。

陶晴懶懶地靠在窗邊，用腦過度的下場是，完全不想移動。她看見簡凌雲起身，很難得沒有趴下睡覺。

簡凌雲沒有轉頭看她，直直地朝教室前門出去。

陶晴以為經過昨天的紙條傳情……不對，根本沒有情，是紙條傳訊，他們對到眼的時候會互相看一眼呢。

一張紙飛機圖案的紙條從窗戶飛進來，恰到好處降落在她的桌上。陶晴愣了一愣，抬起頭追尋紙飛機飛進來的方向，正好捕捉到簡凌雲的側影。

「他在幹嘛？」李茹雯湊過來，剛剛看得一清二楚，「金風花招很多耶！」

「對啊。」陶晴低聲笑出來，他每一天都有新花招，很好奇他的回覆。

「走，我們去找莉莉，妳一邊拆開來看。」

陶晴小心翼翼揣在懷裡，休息時間，走廊許多學生來來往往。昨天是一般的摺法，對摺再對摺，沒有太過繁瑣的步驟，今天迸出紙飛機。

雖然很不想破壞紙飛機的結構，但她實在太想知道，簡凌雲回些什麼。她在樓梯間拆解紙飛機，看了一眼便順著痕跡摺回一架紙飛機。

李茹雯沒有偷看好友信紙的癖好，儘管很想知道，但更希望好友主動說出來，若好友覺得難以啟齒、不想說，她不會逼人。

「看妳的表情……」李茹雯不曉得如何詮釋陶晴看見內容的表情。陶晴明顯一怔，臉上帶著幾不可見的愁色，過了幾秒，嘴角挽起淺淺的微笑，看起來是開心的吧？

李茹雯搔搔頭髮，看見四〇一教室外面的人影，揮了揮手。

「莉莉考得順利嗎？」

「不妙！我覺得我要被方老師留下來惡補數學了，我最後五題沒有寫，隨便亂掰答案。」

程莉莉抓著花圃圍牆急跳腳，「我現在希望，亂掰的題目可以猜對！」

「我數學反而寫得滿順的，可是來不及複算一遍。」陶晴對數學科沒有把握。

「嘿嘿，不過下一科是歷史，是我的拿手強項。」程莉莉喜歡看歷史，她的歷史成績基本上是九十五分起跳。

對於陶晴來說，一堆文謅謅和密密麻麻的字，讀得很痛苦，她寧願去算會計。

「妳們倒好，有擅長的科目可以拉分數，我的都很平均。」李茹雯羨慕的說。

程莉莉哈哈大笑，說到考試都是大家的痛，不提也罷，於是轉移話題，「鳳梨頭和小胖一打鐘就離開教室了。」

「金風也是。他們可能相約去廁所或其他地方聊天。」他們去哪，陶晴並不關心，反正待會兒上課，會繼續看到他。她想，現在最快樂的就是能正大光明偷看簡凌雲的背影，不被發現。

程莉莉瞅著陶晴的神色，她今天很安靜，目光眺望遠方，偶爾笑著、偶爾神遊。「怎麼樣，今天有傳紙條嗎？」

陶晴沒有回答，靈魂不知道飛哪兒去了。

程莉莉看了眼李茹雯，後者聳了聳肩。

「紙條不知道寫什麼，她看了後一下苦瓜臉、一下很開心。」李茹雯在程莉莉耳邊悄聲說道。

「欸欸欸！在偷偷說我什麼！當我沒聽見嗎？」陶晴沒好氣地看著兩位姊妹，她的確在神遊，不代表思緒回到十二年前的高中，仍舊可以聽見外在聲音。

「那妳說說，我剛剛問妳什麼？」程莉莉說，一旁的李茹雯同樣點點頭，與好友達成連線。

陶晴對好朋友沒想隱瞞，因為她知道會與這兩人的友情持續十年以上，有他們在，或許能想出追金風的方法。

只不過將與喜歡的人的對話說出來，真的很害羞啦！就算是自己的好朋友也是！

程莉莉聽完興奮地鬼吼鬼叫，現在是休息時間，除了他們，走廊上還有其他學生，也是吵吵鬧鬧的。

「哦哦哦哦哦。晴哪時候變這麼大膽呀？」

李茹雯促狹的目光看著陶晴，「我記得以前都要我們幫妳出主意，可是太主動，妳會糾結不做，長大了齁！」

「當然長大了，我都三……」話聲戛然而止，陶晴冷汗直流，險些順口溜出自己三十歲的祕密。

「三啥？」

「我都是三八的高中生啦，被妳們帶壞了！」

「話不能這麼說喔，我們只是建議妳，但妳每次都說：這樣會不會太主動、我不想主動，會顯得沒有矜持。」

「對啊對啊！而且妳們紙條對話好……」程莉莉有些苦惱，「我不知道怎麼說，很直白、很文藝、又有點像繞圈子。後來金風到底傳什麼？」

「心裡，那個人的每一年。」陶晴緩緩啟唇，眉目間淨是恬柔的笑意。

突然安靜幾秒鐘，程莉莉渾身雞皮疙瘩，激動地喊：「啊～～～天哪，好拐彎抹角喔。這個我不行，如果是永安這樣回我，我會誤會！」

「你們在互相試探對方嗎？妳和金風的模式根本是雙方攻防戰，看誰先淪陷、誰先主動。」李茹雯的反應沒有程莉莉誇張。

「不至於誤會啦。因為他沒有指名道姓。」可是陶晴想起以前的事情，心知肚明，從以前捉摸不清簡凌雲的心思，她斷然不會傻到看見這封信便臉紅心跳。

「嗯嗯，阿茹，妳說對了。這是愛情攻防戰，看誰先淪陷、誰先主動。」爾後十二年，簡凌雲依然使用這個手段。

「與其說攻防戰，不如說熱衷曖昧，也許他在試著挑起妳的情感。啊，挑逗嗎？哈哈哈。」李茹雯說。

「如果是我，我真的被挑了。我也希望永安挑逗我。」程莉莉開玩笑說，看她自己再說啥白日夢話。

李茹雯大力拍了拍自各兒胸脯，當起拉拉隊，「程莉莉衝啊！不用永安先挑逗妳，妳自己先主動挑逗他。放心，我看好妳，有什麼需要幫忙，儘管說！」

「我不敢啦！我跟他之間沒有交流，充其量就是我在暗戀、單戀。」程莉莉知道自己只會出張嘴，如果有機會，能跟永安講個借過、謝謝等等，她便心滿意足。

「莉莉，以後妳就敢了。」陶晴暗示性的說。

程莉莉聽不出陶晴的話中有話，「可能吧，離畢業還有一段時間，有機會的啦。」

陶晴惋惜地看著程莉莉，有句話想說卻不能說：只怕會為時已晚。

「看到妳跟金風相處有進展，我很羨慕，如果我也能跟永安混合考，感覺不賴。」程莉莉開心地拉起陶晴的兩手，又蹦又跳。

李茹雯一針見血地打破程莉莉的白日夢，「一到三班是商業管理科、四到五班是國際貿易科，而且永安跟我們同屆，很難一起考。不過畢業紀念冊裡面會有他。」

「好啦，畢業紀念冊有他，也是不錯的了。」程莉莉很想看永安和他們班的團體照片。

和好友們聊完，打鐘前，陶晴回到三〇一教室，坐在位置上，重新打開簡凌雲的紙條。

心裡，那個人的每一年

這等於是再說——好想看看晴四十歲的樣子，然後四十歲的時候，好想看看晴五十歲的樣子，一直到生命的終結嗎？

後來在他交往八年女友後，只要到生日當天，他們會互相傳訊息祝福，直到他分手後，祝福簡訊變成長聊電話，一聊便是三個小時起跳。簡凌雲的短訊訊息文字都較短，可是只要他們出去玩，他與她聊得很開心，話題從未中斷過。

未來的程莉莉告訴她：那是因為男生都很討厭傳訊息……呃，部分啦！

陶晴很想問心裡的那個人是誰？可是怕這種詢問方式太八婆，她不想當八卦王呢。

於是想了想，陶晴在紙條上寫下：

那個人的每一年，什麼？

寫完後，陶晴將紙條按照簡凌雲的摺法，無奈嘗試多次，依然不得要領，於是她將便利貼對摺，有黏性的地方貼在鉛筆盒內部蓋子。

由於是期中考，先回到教室的學生大多低頭看書，沒有人發現陶晴的小動作。

打鐘前一分鐘，簡凌雲步調閒散，慢吞吞地走進教室。

一入座，簡凌雲從鉛筆盒抽出黃色的便利貼，打開來，接著收回口袋。

歷史科目有條不紊地進行中，陶晴憑著以前對歷史的記憶，和回到高中後的惡補，盡力把這門科目交出滿意的答案。

鐘聲響起，國貿老師讓最後面的學生陸續將考試卷往前傳，傳到第一位同學手上，再由第一位負責整理後交給老師。

學生陸續收拾書包，國貿老師清點考試卷，確定全部收齊，離開教室。

陶晴拎起書包，起身的同時，左前方的簡凌雲也跟著起身，兩人同時拐進走道。

手心突然有個東西擠進來，昨晚她也是用這種手法。陶晴一愣，立刻抬起頭，瞬間捕捉到他薄薄的唇挽出優美的弧度，那不是溫柔的微笑，而是一種偷偷來的竊笑。

陶晴握緊紙條，呆愣間，簡凌雲先越過她，朝教室後門邁步而去。

總覺得搞得像在跟他偷情？陶晴發現教室裡仍有未散去的同學，她打算去捷運的路上再打開來看。

「阿雲，放學一起走嗎？明天考完試要不要去看電影？」

陶晴聽見教室後門外，一個長相可愛的學妹正湊上前，與簡凌雲靠得十分近，兩人的胳膊互相碰觸。

她認得這位學妹，和簡凌雲同班。

鳳梨頭和小胖也在走廊外，三人幫及學妹一邊聊天前往捷運站。

歷史十分拿手的程莉莉在考試前三十分鐘就已完成，而且游刃有餘複檢一次電腦卷。鐘聲一打，她交完試卷，拎著書包匆匆忙忙來到三〇一教室找好友。

「我說的就是那個學妹，上次跟金風去看電影。」程莉莉在三〇一教室外面等待兩位好友時，看見一個女孩子黏著金風，那個女孩子跟鳳梨頭一起離開四〇一教室。

「長得滿可愛，會打扮。」李茹雯走在後面，離四人幫有些距離，從學妹纏住金風時，她便暗自打量。

「晴，妳不擔心嗎？那是情敵耶！」程莉莉發現陶晴十分安靜，竟然不為所動？

「他們不會交往的。」陶晴斬釘截鐵地說。說罷，她神色頓了一下，猶疑不定地說：「應該吧。」

在舊有的時間線，簡凌雲直到大學畢業後，在夜店認識前女友，在那之前他有女朋友，可是交往時間很短，稱不上是想要穩定交往，更沒有曬閃照在社群軟體，唯一有公開合照、官宣，只有八年前女友這一位。

這些都是聽三〇一共同好友的另一名學妹說的。

不過這都是原本的時間線，現在她所處的是新的時間線嗎？如果是新的時間線，學妹使否會成為簡凌雲的女友，是未知的未來。

陶晴曾看過一個時間祖父悖論：假如妳回到過去，在自己父親出生前，把祖父母殺死，如此一來父親不會出生，更不會有未來的妳，那麼妳會消失在過去。

可是茶館的荷小姐給出三張牌結局，意味這是三條時間線嗎？如果不是三條時間線，那麼她改變過去，成功和簡凌雲談戀愛，原先未來的記憶會不會產生影響？

程莉莉聽不懂好友的意思，「晴？妳倒是說說，為什麼可以肯定金風不會和學妹交往？」

「我自己也不確定啦，隨口說說。」

陶晴腦袋有點混亂，時間線及回到過去，後續引發的問題，因為簡凌雲步入婚姻，當時她太難受了，在茶館沒有細細思索，直到現在，她冷靜下來，終於意識到這個複雜的問題。

三人組靜靜邁向捷運站，他們離前方的簡凌雲三人組有一段距離。

陶晴從口袋拿出壓爛的紙飛機紙條，打開來一看。

那個人的每一年生日

在世界停止前，妳最想看什麼

這一次，除了回答她的問題，簡凌雲反過來問。

那個人寵溺我的眼神

陶晴喜歡簡凌雲為自己剝蝦的眼神，或者聊天聊著，與自己說：想看晴四十歲的樣子，那是比溫柔更昇華的情感，超越十年的友情、跨過曖昧，彷彿雙方眼中的世界裡，只有彼此。

期中考總共考三天，最後一天是簡凌雲與她打賭的重頭戲——英文科目。

來到三〇一教室，陶晴忽然感傷，這是期中考最後一天，之後要等期末考，才有機會同班考試，近距離接觸。

第三天考試，陶晴的座位在縱向第七排、橫向第七位靠左邊走廊窗戶的位置，簡凌雲則換到縱向第六排，橫向第六位，是陶晴的右前方。

不管如何大風吹，簡凌雲依然會在前方。

趁著打鐘前，陶晴將昨天寫好的紙條丟給簡凌雲，很快的，收到簡凌雲回覆的紙條。

今天的摺法繁瑣，陶晴更學不來了。她打開來一看，裡面有兩句話。

不要忘記打賭

那麼那個人很幸福　會實現的

除了紙條，裡麵包著一顆奶茶口味的糖果。

如果時間線仍和以前一樣，會實現的——陶晴輕嘆口氣，她倒希望除了每一年收到生日祝福，還有實現回到過去的願望。

陶晴立刻寫了一張便利貼，然後起身，手臂一伸，貼在簡凌雲的背部。

今天剛好兩人的座位都在後面，簡凌雲身後位置因梅花座關係空著，因此背部的便利貼沒有人看見實際內容。

簡凌雲嚇了一跳，轉頭看了眼陶晴，手伸到後面，取下便利貼。

在笑出來前，陶晴忍不住用手摀住嘴巴，他的表情真該讓李茹雯瞧瞧。因為以往他在好友們的眼中是個連表情都做得很表面的那種人吧，總是泰然自若、笑笑的，與人閒適交談。

陶晴剝開糖果紙，含入嘴裡，很快地收到簡凌雲的回覆。

我已經準備好了

準備什麼？陶晴只不過傳了一張：考試加油！他居然說準備好了？

準備好考一百分嗎？準備好這次考試？

準備好聽孤單北半球

雙方在英文科目考試前，頻繁且迅速的交流紙條，陶晴很喜歡以前寫紙條、寫情書的感覺，手寫多了幾分人情味，打字則是冰冷感，未來的人際交流依賴3C產品，即便與朋友見面，也是不斷拍照打卡、回覆訊息，她未來的那份工作更依賴群組，就連下班、放假時間，也會不停收到各部門交代的進度、交接訊息，時常訊息累積量破千，漸漸讓她演變成一種訊息恐懼症，可是只要有簡凌雲的訊息跳上來，煩躁的情緒便能得到安撫。

於她來說，他是她無法替代的存在。

雖然現在的手機可以傳簡訊，可是都需要付費，對於學生來說，十分吃力。可惜的是，現在不是跟簡凌雲交流情書……

我不會讓你得逞

我會對妳得逞

「咳！」陶晴一口水噴出來。夭壽喔！她正好在喝水，熊熊看見他的字條，瞬間心跳小鹿亂撞。

簡凌雲轉頭瞅了一眼，望向她的目光幾分擔憂、幾分無辜，嘴角掛著一抹狐狸般的微笑。

實在可惡！害她超想把水壺裡的水潑在他臉上，就是他害的啦，裝什麼無辜！

鐘聲一響，英文科目考試開始，陶晴趕緊收拾好情緒，別因為簡凌雲的紙條鬧得心慌意亂。

陶晴明知道會輸給簡凌雲，仍卯足全力作答。她的英文成績不差，可是沒有簡凌雲能與外國人對話來得優——這件事情是有一次放學，無意間看見他替一名外國人指路。

英文科目結束，陶晴不曉得要回什麼，那句得逞真的太曖昧、太超過了啦！

簡凌雲離開教室，李茹雯來到陶晴旁邊的空位。

「怎麼了？今天相處不好嗎？」

陶晴嘆了口氣，「沒不好，只是不知道回什麼。」她悄悄附耳說道：「我不會讓你得逞，我會對妳得逞。」

李茹雯驚叫，看看四周後，壓低嗓子道：「你們玩好大。得逞要得什麼？他想要妳的身體嗎？」

陶晴臉紅低斥：「別胡說八道！」

「嘿！」走廊傳來程莉莉的聲音，緊接著就看見她走進來。

「我剛才看見金風，他去四〇一找鳳梨頭和小胖。」程莉莉眼光銳利，「你們在聊什麼？晴的臉好紅。」

李茹雯將回答權交給陶晴。

陶晴不會對好友隱瞞任何事情，簡單易要說明金風傳哪些紙條。

程莉莉聽完的反應跟李茹雯一樣，「身體不能給，但心可以給，哈哈哈！」

「就你們愛虧我！」

陶晴和兩位好友在嬉鬧中度過三十分鐘的休息時間，鐘聲響起前十分鐘，程莉莉先回教室，四〇一監考老師是嚴格的方老師。

期中考最後一科是物理化學科，陶晴對這門科沒有把握，因為她連複習都感到困難，她有預感會被方老師強迫下午去自習。

考試期間，簡凌雲一下左手撐著臉頰，一下右手撐著臉頰，偶爾拿著2B鉛筆轉呀轉。時間進行滿六十分鐘，後方的陶晴便看見他已經寫完，人正發著呆呢。

他是對這門科目太有把握？

結果考試期間，陶晴仍想不出來要回覆什麼，結束後，她沒有動手收時鉛筆盒，發現簡凌雲今天收拾東西特別慢。

於是陶晴靈光一閃，拿起2B鉛筆埋頭苦幹，快速插畫一隻可愛的小動物，附近的同學已陸續走光，她擱下筆，在他起身，背對自己之際，啪的一聲，將便利貼牢牢地黏在他的背上。

偷襲成功！

我得逞啦！

（烏龜的圖樣）

期中考最後一張紙條，陶晴選擇貼在簡凌雲的背部。

簡凌雲肩膀稍稍一抖，比起先前嚇到的反應，這回比較鎮定，老神在在把手扭向背後抽下便利貼。

陶晴邊收拾書包，邊偷看他是否有其他的反應，沒料到他靜靜的。她不禁懷疑自己是不是笑點太低了，自以為幽默。

拎起書包，陶晴鬱悶嘆氣，經過簡凌雲身邊時，她悄悄瞥去一眼，他手裡依然捏著黃色便利貼。

正式越過他後，陶晴的肩頭，突然被一股力道輕輕一握，她感覺到手緩緩地滑下去，帶來了陣陣搔癢感，不只有身體的搔癢，還有她的心跳跟著加快，騷動不已，身軀瞬間僵硬、緊繃。

最後他的手指停留在肩胛骨的位置，然後抽離。

一抹高挑的身形從餘光眼角掠過，以及那張唇角勾起一抹壞笑的側顏，出現在視野範圍內，眨眼間只留下他頎長的背影。

簡凌雲邁動長腿，輕鬆狀的離開教室，可是對陶晴來說不是這一回事。

她近乎快要窒息，抖著手從背後撕下便利貼，一句瀟灑不羈的字體映入眼簾——

承認我得逞妳吧

【章六】十八歲的驚喜

「以下的名單從明天開始，下午通通到自習室讀書，我會準備小考，低於七十分的人繼續留著，不及格者校慶不能參加，乖乖留在教室讀書！」

「下周是模擬考，這次考得有比期中考好，可以取消自習、參加校慶。」方老師雷厲風行施行未來幾周的政策，班上同學紛紛哀號，不能參加校慶比窩在自習室讀書還過分。

這是高中生涯最後一次校慶，很多人都想要留下美好的回憶，於是班上各自的小團體開始互揪衝刺團。

「程莉莉，沒有妳耶，我看這成績多半有校排前五名。」

程莉莉的期中考成績是班排第一名。李茹雯忽然想起陶晴先前說過的話，該不會下周模擬考真的衝上校排前五？

「但我想下午去自習室讀書。」別人是巴不得不去，程莉莉是想去。

「是有多愛去自習室啦哈哈哈！」李茹雯在名單內，她的物理化學成績不佳，其他科目成績平均落在八十分。

「會計考不好。」程莉莉不滿意自己的成績，裡面唯一能看的是歷史科目，分數九十八分，凡文科，程莉莉的成績較優，需要動腦計算的非常爛。

「妳教我歷史，我教妳會計？」陶晴向程莉莉提議道。

「可以啊！」

「算我一個。」阿肆聽見他們的談話，也想加入。

「阿森呢？你的國文成績可以嗎？」陶晴有看見名單裡面有阿森。

「國文不好。」阿森露出為難的表情。

「那就一起來吧。」陶晴擔當起主約人。

接下來一周，陶晴和班上同學提前到校，下午窩在自習室讀書，偶爾下課時間去找學妹聊聊成發的規劃，預計十一月初、模擬考結束後會有一場成發，這是她在學校吉他社最後一場表演。

離開二〇三教室，陶晴準備上樓回到教室。經過三樓樓梯轉角處，她看見簡凌雲、鳳梨頭和小胖正好要下樓。

期中考後，他們很少見到面，下午提早來學校後，她直接前往自習室，夜間部下課時間，她幾乎待在教室，準備下一輪的模擬考，模擬考的考題水準與統測一樣，馬虎不得。

只有放學的時候，她才能在捷運站看見簡凌雲，一起搭乘同班列車，而捷運站人多，想要接觸根本不可能，更何況在外人面前，他們不打招呼。

陶晴僅微微一愣，心跳加快。這次身邊沒有好友能夠幫忙看簡凌雲是否注意自己，她表情淡淡的、甚至臉色不甚好看，重新端起高冷的模樣，但是放在大腿兩側的手心握起，心有些緊張。

因為她想起期中考最後一天，簡凌雲貼在背後的便利貼——承認我得逞妳吧。

啊啊啊啊，當下看到的時候，熱氣衝上整張臉，耳根子瞬間染紅。

這分明是調戲吧！到底是多恥啊，好想找地洞鑽進去！

後來在捷運站遇到他，根本不敢直視啊！都是兩位好友們幫忙觀察，簡凌雲若有若無的將目光鎖在自己身上。

結束期中考後，她找不到機會針對那句話反駁回去……即便要反駁，她想不出來要回什麼，說沒被得逞，像是辯解，說有被得逞更怪啦。

搞得他對她有做什麼壞壞的事情！

實際上啥事都沒有！

鳳梨頭和小胖看見陶晴站在樓梯轉角處，見她有意靠牆讓出位置，他們兩個向身邊的簡凌雲投去一眼。

又是這個眼神！陶晴很討厭他們眉來眼去，於是剛才見到簡凌雲的那股臉紅心跳的情緒瞬間冷掉。

鳳梨頭和小胖有說有笑往下走，簡凌雲步調轉慢，有意讓鳳梨頭和小胖超過他自己。那兩位好友似乎刻意加快步調，給簡凌雲製造機會。

陶晴經過簡凌雲身邊時，一張紙條塞進她的手心。陶晴舉步的動作頓時一停，她抬起頭看向他，他正別過臉。彼此沒有對上眼，一時無語。

這些紙條造型多變，就是不會有愛心形狀的紙條。陶晴很希望有一天能夠收到愛心紙條，或許要等到兩人交往才有愛心紙條吧！

返回教室，陶晴入座後打開紙條：

九十五分＞八十分

我準備好了

陶晴懵了，為什麼知道我考幾分？

早知道簡凌雲英文成績很好，沒想到這麼好，和自己班上的阿森不相上下。

程莉莉的聲音從走廊傳進來，接著陶晴的肩膀被輕輕一拍。

「又能分班了，晴，妳興奮嗎？」

「分什麼班？」陶晴將紙條壓在書本下，這個舉動不是不想讓好友知道，而是不想讓其他人親眼看見簡凌雲紙條的內容。

她承認有私心，單純想獨占簡凌雲為自己而寫的字體。

「模擬考要分班考試啊，跟期中考一樣。」

「真的啊？」如果是這樣太好了，能和簡凌雲繼續傳紙條。陶晴想得很美好，不過下一秒打消念頭，「這次不會再分一樣吧？」

「我不知道。」程莉莉無所謂聳了聳肩，「再怎樣，我們和五班不會混班考。」

時間很快來到模擬考當周，四〇一和三〇一兩個班級再次互調，分三天進行。第一天考國文、數學，第二天考英文、會計學，第三天經濟學和計算機概論。

這一次，雙號的陶晴和李茹雯留在四〇一教室，單號的程莉莉前往三〇一教室。座位分配依然採梅花座，簡凌雲這次坐在她的隔壁的隔壁，兩人之間保留一個空位。

擔任監考的是三班班導，會計女老師，平常陶晴和會計老師閒聊。模擬考試前，他們站在講台聊起來。

「期中考會計考得不錯喔！數學再加油，沒事的，妳們方老師雖然對妳們兇，但是她都跟我們說這次一班考得比平常小考好。」

「方老師原來這樣說呀？」陶晴知道方老師就是刀子口豆腐心那種人，雖然在班上罵大家罵得要死，但是對外都會誇讚自己帶的學生很認真讀書。

「恩啊，而且妳們暑假不是去考英檢嗎？合格率超級高，方老師高興得逢人就說，教職員室都是她的嗓門，現在其他學弟妹都知道妳們高分通過英檢，期中考成績優異，呵呵。」

經過會計老師一番話，陶晴對於簡凌雲知道自己的成績已有眉目，十之八九是方老師在高興的情況下散播出去，而且簡凌雲只要旁敲側擊詢問國貿班導就知道了。

考試前，她稍微壓低肩膀，將早先寫好的紙條拋給簡凌雲，低空飛過空位，剛好落在他的大腿上。

想要哪一天聽？

每天

陶晴看見簡凌雲的回話，超想直接對他說：在講幹話嗎？當然這句話她不會說出口，畢竟還沒釣到他，她還想維持氣質音樂女孩的形象。

別得寸進尺

我很誠實
是有人不誠實

三天後，考完模擬考的隔天，下午三點在吉他社教室見面

陶晴不想要跳下去他挖的洞。她才不願承認自己也是口嫌體正直的那款人呢！

第一天模擬考試在兩人的紙條交流中快速度過，放學的時候期待與他搭同一班捷運，如果可以的話，她很想像程莉莉與永安，兩人的出站就在隔壁站而已，想歸想，她覺得現在比程莉

莉幸福，因為能與簡凌雲交流。

第二天模擬考接續展開，簡凌雲率先低空拋了紙條過來。

第一次如此迫不及待

「噗……」陶晴將書本立起來，遮住自己難以控制的表情，高高揚起的嘴角顯露出現在愉悅的心情。

迫不及待什麼？

陶晴自己心裡清楚，模擬考此時此刻不再重要，每天最期待的是能與簡凌雲有紙條交流，紙條真的能深刻感受到人與人之間的情感傳遞。

這邊說的情感對話，不是指男女之間的情感交流，但陶晴覺得彼此的對話越來越奇怪，總會邁向引人遐思的詞彙……

是她想太多？還是他是蓄意如此？

晴的……

的什麼？陶晴收到紙條反覆眨了眨眼，將紙條一遍又一遍正反面翻過，懷疑是否有漏看的地方。

真夭壽，他一定要這樣凌虐她嗎？說凌虐過頭了，他沒有對她做出太超過的S行為，單純是話說一半，釣足人家胃口！

回覆的是白癡！

陶晴沒打算回覆，正好進入本日第二科會計學考試，考完會計學，簡凌雲沒有再傳紙條，也許在等陶晴回覆，但是當下她思緒懵了，直到第三天模擬考前，才丟張紙條過去。

你說我聽

陶晴偏要追根究柢，倒要看看簡凌雲會如何回？

想聽見會戀愛的歌聲

這一會兒，收到簡凌雲的回覆，陶晴倒覺得自己挖洞給自己跳了，跌的超悽慘。這是變相誇獎她的聲音很好聽嗎？

以前她常聽膾炙人口的歌曲，有些網友會打趣說：這歌聲聽了耳朵懷孕啦。

還好簡凌雲沒有說：聽了會懷孕的歌聲。

結束模擬考的隔天，是兩人相約的日子，陶晴為了先準備練習，免得在心儀的人面前出糗，於是她兩點就到吉他社教室。

她先去教務處借鑰匙，得知鑰匙已被一個夜間部男生借走。她沒有想到會被別人捷足先登，平常這時間很少人用，她沒有習慣先預約登記。

怕三點時間，簡凌雲來吉他社教室會找不到人，陶晴思忖後決定在吉他社外面的階梯坐著等待。

來到吉他社門外，她聽見裡面有人哼著只有自己耳熟能詳的曲調。在十二年前，這首歌尚未誕生，除了自己不會有別人知道。

她心頭一緊，透過窗戶朝裡面看去，身材高挑的男孩子貼著牆壁躺在地板，兩手臂枕在後腦杓，長腿悠然自得的擱在矮椅上。

哼著曲調的主人翁是簡凌雲！

陶晴推開社團大門，風風火火衝到他身邊，彎下身，摀住他的嘴巴。

「噓！為什麼你記得這首歌的旋律？」

陶晴一邊低吼，緊張的朝教室外面看，不知道簡凌雲在這裡唱多久了，有沒有被別人聽見？

簡凌雲的嗓音十分好聽，溫柔且低沉，如果不是因為這首曲不能曝光，她很喜歡當作旁觀者偷偷聆聽，畢竟未來要簡凌雲唱給她聽，他竟打模糊仗。

簡凌雲眨著棕色雙眼，有被陶晴突如其來的親暱動作怔住。

他的嘴唇溫溫、軟軟的，均勻的呼吸如羽毛掃過她的手指。陶晴觸電般的鬆開手，抿著嘴唇跪坐在地上。

「提早來了啊。」簡凌雲好整以暇地看著她的側臉。

陶晴正在冷靜方才那股搔癢的感覺，看來心動跟年齡沒有太大的關係，三十歲的靈魂仍會因為喜歡的人而悸動。

見她沒有回答，簡凌雲自顧回覆她剛才的話，「因為很有感觸。」

「年紀輕輕有什麼感觸啊？」陶晴懊惱自己的反應，語氣比平常更激動。

簡凌雲遲疑一會兒，看起來是有在思考要如何回答，但是說出口的話不是完整的答案。

「現在說不上來。」

「你幾點來的？」陶晴想先搞清楚簡凌雲來到這裡，開始哼唱的時間。

簡凌雲抬頭看了眼掛在牆壁的時鐘，「大概一點半吧。」

這麼說有三十分鐘的空檔，他在這裡哼歌？陶晴煩躁地捏著額角，佯怒地道：「不能再哼唱了！任何地方、任何人都不行！」

天哪，她好焦慮。

簡凌雲瞇起眼睛，狐疑她的反應，「為什麼？」

「沒有為什麼，如果你不照做，我就不彈曲，賭約當作沒有發生過！」陶晴的態度十分強硬，嚴肅的臉色顯示出她不是開玩笑，是認真的。

「我想要知道原因。」簡凌雲不知道她為什麼對這首歌如此忌諱，那天聽她彈唱，聲音流露出來的感情十分真切，完全融入曲調，唱出刻骨銘心的情感。

「以後你就會知道了。」陶晴依然閉口不言。

簡凌雲胳膊支地，微微撐起身軀，與陶晴拉近距離，「因為妳心中的那個人嗎？妳只想為他彈唱？」

「是。」陶晴不想隱瞞。

意外的是，簡凌雲沒有再追問是誰。陶晴也想過，萬一簡凌雲追問，她是否要回答……

「好，我答應妳。」簡凌雲輕描淡寫地說。

陶晴望向他，發現他重新躺回地板，眉宇間浮現一抹失望與悵然，她的心竟泛起絲絲疼痛。原諒我現在無法說出真相，因為這不是現在時間的產物。這趟回來是與他談戀愛，不能改變原先其他歷史進程，這些時空後果不是我能承擔——陶晴苦澀的想。

「晴又喝奶茶了，這種高熱量的高甜飲料少喝。」簡凌雲翻身坐起，指著一杯沒有開封的手搖飲料。

「考完試放輕鬆，不能喝嗎？」

「不能。不過可以偶爾。」簡凌雲伸手拿起擱在地上的手搖飲料，「要經過我的同意。」

說著，他撕開吸管外層塑膠，吸管戳破飲料的封口膜，大喇喇當著她的面奪人所愛。

「惡霸喔，你又不是我的誰。憑什麼管我！」

「這是為妳好。」簡凌雲喝了幾口，眉頭蹙起，視線瞄了眼杯子外的貼紙——少冰、半糖，半糖還是好甜。

「那我不給你喝，也是為你好。」陶晴伸手想奪走，手指已扣上飲料杯，簡凌雲並沒有鬆手。

陶晴想起未來的簡凌雲提過一件事情，前女友因為有超強的控制欲望，以及早睡早起、健康餐的好習慣，不喜歡他抽菸、喝酒，任何危害身體的一律不准。

分手後，當時他在訊息說：「終於可以睡到自然醒，沒有人管我。」

當時陶晴回覆：「我反而覺得被人管很好呢！」

「看來，我們是互相對對方好，妳管我，我也管妳。」簡凌雲依然沒有鬆手，兩人僵持不下。

「怎麼，不喜歡讓人管嗎？」陶晴不甘示弱，試圖掌握主導權，另一手隨之握住杯子，雙方的手指緊密接觸，現在的狀況變成她握住他的手，手掌心牢牢覆蓋住他的手背。

豈料，簡凌雲竟快速鬆手，「要看是誰。」

陶晴對於他這個舉動沒有感到難受，不會誤會他是厭惡觸碰到自己而鬆手，真正原因她心裡明白，除非她開口說：我允許讓你握，他才會行動。

不過他突然的抽離，讓氣氛變得尷尬。簡凌雲不知道自己的行為是否會讓陶晴誤會，於是趕緊緩和氣氛。

「我喝過的喔！晴，該不會是想……」簡凌雲欲言又止，「我不介意的。」他露出正經八百的表情。

但她不喜歡與人共用，會介意，不過只有他是例外。

可惡，又被他撩到進退不得！不知道要說些什麼，讓雙方更進一步深入交流。

「晴，要開始了嗎？」不得不說，簡凌雲真的很厲害。陶晴還在糾結的時候，他不知道是否察覺到尺度過頭了，再度轉移話題。

「好，開始！」陶晴將飲料推給他，「當作是送你的獎勵。」

「獎勵？」簡凌雲愣愣接過。

「英文成績高分呀。」陶晴起身朝吉他放置的小倉走去。

「老實說我沒看書。」這時候簡凌雲說了一句欠揍的話。

「你是假借炫耀，一邊傷害我的自尊心嗎？」陶晴沒有生氣，是用開玩笑的口吻述說。

「我實話實說喔。」簡凌雲一本正經地說。

國中的時候，陶晴偶爾會聽見班上同學聊天，A問B：你昨天有讀書嗎？怎麼辦，我只看一遍，超怕考不好。B說：我昨天沒有看，好累喔，回家就睡了。結果成績出來，B的成績遠遠高過A，將近滿分的成績。

或許Ｂ的程度本來就很優秀，有些人天生記性好、領悟佳，很多事情一學就會，就像簡凌雲。有些人是資質較不好，不代表資質不好的人永遠成績就爛，他們需要比別人加倍努力，花時間投資。

陶晴偶爾會聽他們班的學妹說，簡凌雲上課沒有做筆記，專注聽老師講解，懂得舉一反三，約讀書會也約不出來，在家裡不讀書。

可是有些人則是特別奇怪，對外宣稱沒有讀書，在逼問下，終於承認只看一點點，辯解看不懂，同儕間難免有互相比較、互相詢問，頂多是想做個安心，既然很多人都沒看書，若自己考差了，不會落後他們太多。

不管怎說，簡凌雲假正經真玩笑的嘴臉真的很想打人。

可是那也是他的本事！

陶晴取出吉他，簡凌雲已幫她準備好椅子。

她先試著調音，測試音準有沒有跑掉，他則坐在她的旁邊，安安靜靜看她調音。

陶晴準備就緒，手指靈活且熟稔的彈奏出曲調。

陶晴參加過很多次成發表演，除了一開始音準沒有拿捏好，稍微失常，影響到合唱的夥伴，隨著在多雙眼睛欣賞之下，每一場表演，逐漸克服緊張，順利完成多場表演。

如今觀眾只有他一人，她的心跳卻加速失控……儘管沒有看著他唱，她知道那雙棕色眼睛正目不轉睛注視自己，能感覺到灼灼的目光，熱切在心中燒起震盪。

不過台風穩健的她，在輕快的曲調中，完全陷入歌詞的意境。她很喜歡這首歌，直到十幾年後，依然還在聽。

用你的早安陪我吃晚餐

在未來，她與他則是——用我的晚安陪他吃宵夜，身為宵夜大王的簡凌雲，動不動就說今晚夜色很好，要不要約吃宵夜，明知道她胖了，還敢約她吃宵夜。

除非上班真的很累，陶晴大多時候會答應他的邀約。

一曲終了，陶晴深吐口氣，忍不住害臊吐舌。

「哈哈，抱歉，獻醜了。」

「不會，很好看。」

到底是她好看，還是歌曲好聽？詞用錯了啦！陶晴翻了翻白眼，當作是簡凌雲又再發神經。

「是很好聽。不是好看。」

「妳認為呢？」

陶晴轉頭望向他，那雙明亮的棕色眼睛泛起迷濛的溫柔，比起彈奏時，她感受到的熱切目光緩和許多。

以前她曾聽友人說過：比起言語，眼神是最不會撒謊的指標。

有些男生看見喜歡的人，他們的眼神會十分熱切、灼熱，甚至帶著放電的意味。有些人則是溫暖的注視對方，讓人心靈安寧，有些人則是悄悄關注，不敢讓對方知道，目光始終追隨對方，完全表露無疑自己的心意，然而與對方對上眼，他們會慌張收起關注。

陶晴不知道簡凌雲是哪一型，現在他用溫暖的眼神望著自己，午後的陽光從窗戶折射進來，像一束鑲金的線，穿透十二年的光陰，過去和未來連成一線。

「好聽又好看。」陶晴驕矜地說，活潑的綻放絢爛的微笑，如彩虹多彩浪漫。

這時，他明亮的眼中那抹溫暖更加熠熠生輝了，看得陶晴心中一片燦爛又滿足。

「晴得意忘形齁！」簡凌雲提議，「不然再來一曲。」

「嘿！要不要打賭。如果未來我真的唱給你聽那首歌，你也唱給我聽？」

簡凌雲頓了一下，恍然大悟她在指哪首歌，阿莎力答應，「好啊。不過要約個期限吧？」

陶晴幾乎沒有猶豫，順口而出：「十二年好了。」

「為什麼不約十年，整數不是很好嗎？」簡凌雲納悶她會說出十二這個數字，是否有特別的意義？

「我喜歡十二勝過十。」因為十二年後是他們兩人以單身重逢的日子，這是祕密，不能說的。

簡凌雲心知她有事情隱瞞，如同那首禁忌的歌曲。他不是難纏的人，不會讓她為難。

「好吧，但我偏愛十。」

「為什麼？」

「十年之前，我不認識妳，十年之後，我與妳相遇，再十年之後，也許我們相愛了，再十年之後，我們孩子長大了，再十年後，我們都白髮了，再十年後……」簡凌雲沉吟一會兒，「是人生的另一段旅程。」

「會不會十年之後，我們只是朋友？」陶晴想起有一首歌叫十年，歌曲十分好聽。

十年之後
我們是朋友
還可以問候
只是那種溫柔
再也找不到擁抱的理由

歌曲：十年／作詞：林夕／作曲：陳小霞／編曲：陳輝陽／演唱：陳奕迅

腦海迴盪十年的歌詞，就像魔咒般，深深的錮住最終的結局，十年之後，我們果真是朋友，就連擁抱也找不到理由，他有他的理由，我有我的堅持。

「現在是，未來不知道是否依舊。」簡凌雲平靜的嗓音將她拉回真實的教室。

是，未來無法預測。你十二年後詢問是否能擁抱我，也是不確定性——陶晴忽然意志消沉了，這時候來彈十年多麼應景啊！

興許是有感而發，陶晴很難得想再彈一曲，想起還有一首歌曲很符合現在的心境。

「不是還想聽嗎？十年？愛我別走？」

「都不要。」沒料到他反應冷淡地拒絕。

「為什麼？這兩首歌很好聽。」

「沒有為什麼，就是不喜歡。」

面對簡凌雲斬釘截鐵地拒絕，陶晴沒再強迫，反正她只是一時心血來潮，對於他要不要聽無所謂，不過……他的反應讓她想不通。

※※※

「不管是十年還是愛我別走，都不好。」李茹雯說出自己的見解。「而且妳怎麼會想唱愛我別走捏？晴，沒想到妳這麼直球告白，可是我覺得這首歌不適合告白。」

程莉莉聽完陶晴的心事，評估後說：「我覺得他是不想要十年之後，你們還是朋友。」

「那他幹嘛說——現在是，未來不知道是否依舊？」簡凌雲說話都要打啞謎嗎？可是為什麼當她在彈唱時，他的目光竟讓人感受到一絲真情流露。

「因為未來充滿不確定性。懂我意思嗎？」

陶晴回覆程莉莉的話，「不懂。」

程莉莉聳聳肩，拿起當時熱款的NOkia手機，飛也似的奔出教室。

「上課再跟妳說，我熱音社學妹找我，先閃啦！」

「我也是，羽球社學弟妹約我打一場，明年就畢業了，再不打就沒機會！」李茹雯隨之起身，匆匆拋下一句話跟在程莉莉後面離開。

「等等……我沒有要告白啊！」

剩下陶晴孤零零坐在位置，她有發現這幾天，兩位好友下課後就不見了，時常學妹找人、社團有事，對於兩位好友的忙碌，她沒有覺得不好，每個人都該有自己的交友圈。

她和班上同學處得不錯，不是只有那兩位朋友，也能和其他人聊到開懷大笑，唯有絕口不提簡凌雲的事情。

後來陶晴回家後打開電腦重新聽了一次愛我別走，意識到一件事情。

我到了這個時候還是一樣
夜裡的寂寞容易叫人悲傷
我不敢想的太多　因為我一個人
迎面而來的月光拉長身影

漫無目的地走在冷冷的街
我沒有妳的消息　因為我在想妳
愛我別走　如果妳說　妳不愛我
不要聽見妳真的說出口
再給我一點溫柔

歌曲：愛我別走／作詞：張震嶽／作曲：張震嶽

如果莉莉說的沒錯，十年之後，金風不想做朋友，的確會反彈這首歌曲。那麼愛我別走呢？他是否誤會她是想唱給無法說出口的那個人？

※※※

考完模擬考後，班上同學閒散許多。陶晴為了三日後的成果發表會，下午來社團加緊練習，和學弟妹約好時間，一遍又一遍的跑流程。

吉他社和熱音社成果發表會的日子定在本周六，隨著日子逐漸接近，陶晴內心十分焦慮。她忘記十二年前是如何約簡凌雲來參加成果發表會，從上次彈奏完孤單北半球後，他們兩人沒有私下見面，偶爾在走廊遇到，礙於身邊的鳳梨頭和小胖，她始終無法抓到機會提出邀請。

成發是兩人關係大躍進的關鍵因素。

正當陶晴一邊擦窗戶絞盡腦汁思考，班上同學忽然喊道：「陶晴，外找！」

陶晴抬起頭，教室外面站著一名穿著制服，長相秀氣的馬尾女生，是二〇四班的吉他社學妹。

「學姊，能不能陪我去三〇一班找人？」

「好啊！」陶晴正愁找不到機會見簡凌雲呢，希望待會兒有機會看見他。

陶晴回到教室，拿起手機跟著學妹來到樓梯口，準備下樓的時候，她看見簡凌雲站在樓梯轉角處，他的旁邊站著幾個女生，她不知道是誰，只看見背影，剛好又被梯柱擋住。

雖然早知道他高中時期異性緣很好，但實際看見心裡不適滋味。

這一瞬，陶晴臉色沉下來，跟踩到狗屎沒兩樣。

「欸，在這裡啦！」

陶晴聽見簡凌雲忽然喊道。狐疑間，她抬起頭，他的目光正落在自己身上。

所以是在說我？一個念頭閃過陶晴腦海。

緊接著，那幾個背對的女生轉過來，是她的好姊妹——程莉莉、李茹雯，以及吉他社的一位小學妹。

陶晴愣住，現在是什麼情況？他們什麼時候好到可以窩在樓梯間聊天？

身邊的學妹一邊竊笑，一邊推著陶晴下樓。陶晴的雙腳彷彿綁了鉛塊，不是不願意過去，而是她慌了，隨著越來越接近簡凌雲，以及好友們的曖昧微笑，她感到不知所措。

來到簡凌雲身前，陶晴手足無措地看著他。

「生日快樂呀。」他的聲音如溫暖的陽光，滋潤了她的心跳。現在的她，一如他靜靜聆聽她彈唱的時候，眼神令人怦然心動。

替那晦暗不明的未來，照亮前進的道路，也穿過如梭的光陰。她這次清楚看見，他眼中的那抹隱晦的情感。

「我們就不打擾囉！」李茹雯笑笑著拍著程莉莉的肩膀。

「哀呀，妳幹嘛破壞氣氛，我們悄悄快閃。」程莉莉不太想離開，因為她很沉迷於簡凌雲和陶晴兩人之間鮮明的曖昧情愫，如果自己和永安也有這個機會就好了。

但她知道該留給好友獨自相處的空間。

「謝謝你們，給我一個難忘的生日驚喜。」陶晴笑得很幸福，雖然不是讓簡凌雲告白，可是能被喜歡的人親口說：生日快樂，真的很開心。

「十八歲生日，理所當然要給個驚喜！」吉他社學妹在旁邊笑得很樂，「不說啦，我不當電燈泡了，我先回教室幫忙打掃。」

李茹雯本來要拉著程莉莉離開，誰知道程莉莉居然迸出這一句話：「欸，你們要不要抱一個？」

「好像不錯，你們可以抱一個。」李茹雯聽見程莉莉的建議，跟著附和道。

陶晴瞪了好友們一眼，害羞地瞧了瞧簡凌雲。八字還沒一撇呢，抱什麼！

「能否抱一個？」簡凌雲張開雙臂，禮貌且誠懇地問道。

陶晴想起未來的那場擁抱，彼此對擁抱的定義不一樣，那麼現在呢？他是以什麼理由擁抱？

「好啦，你們就抱一個吧～」李茹雯不等程莉莉反應，拉著她快速上樓離開。

他的笑容特別刺眼又溫暖，咧起唇角露出一口潔白的牙齒，和未來的簡凌雲請求擁抱時，表情不一樣。

既然是過去，美好青春的時期，她不想糾結他對擁抱的定義，至少這一刻，她在他充滿純淨的眼裡，讀出難能可貴的寵溺。

陶晴向前移動步伐，進入簡凌雲臂彎的範圍裡，眼睛小心翼翼的瞅著四周，她沒有想過，他們竟會在樓梯間擁抱，尤其這時間是打掃時段，人來人往，每個班級充滿吵鬧與歡笑聲。

「晴，十八歲生日快樂。」

他的手輕輕的放在她的背上，是疼愛的象徵；他低沉的嗓音流露出令她快要淹沒的寵溺；彼此的身軀沒有緊密擁在一起，更是對她的尊重。

簡凌雲不論是未來還是過去，對她非常體貼與尊重，未來單身的他，對她的要求很少拒絕過，充滿著疼愛。

比起十二年後的擁抱，她更喜歡現在的擁抱，青春的曖昧、戀愛的滋味，沒有經過社會的洗禮，多了純真的浪漫與美好。

有那麼一瞬，她嘗試伸出手回抱，眼角餘光瞥見樓下有人經過，她頓時收住手。而他的擁抱持續幾秒鐘，向後退開。

夜裡涼涼的空氣劃過心頭，沒有減緩這個擁抱引起的羞意。

「謝謝。」陶晴用手背推推臉頰，難為情地說。

由簡凌雲的角度低頭望去，看見她頸部染上一層淡淡的粉，耳根子透出一層紅。

「喏，妳的生日禮物。」他從口袋拿出一張做工精緻的小卡片，用裁切過的彩色塑膠卡片製作成相簿的形式，總共捆成三頁。

見陶晴想打開，簡凌雲馬上制止：「回教室在看，別在我面前看。」

「你會害羞喔。」陶晴調侃道。

簡凌雲低聲笑出，小聲地說：「呵，比不上某人。」接著，話鋒一轉，說：「十二月二十四日是我生日，我等妳的禮物，互相不為過吧？」

「已經預定好了嗎？哈哈。」

「當然，我這麼用心，妳也要用心對我。」

陶晴一怔，這話怎聽起來挺曖昧的？不過她喜歡，之後她會做吊飾玩偶回禮，能讓他保留到十二年。

陶晴看了看四周，抓準時機問：「欸，你這周六有沒有空？」

「嗯？」

「如果有空的話，要不要來聽成發表演？」

「好呀，又可以聽晴彈唱了！」說著，簡凌雲拿出手機，預備輸入電話號碼，「我們順便交換電話？方便當日好找人。」

「好。」陶晴輕笑出聲，笑容宛如盛開的櫻花嬌嫩美麗。

〔章七〕

雨後的晴空

「妳上課偷偷用手機喔，做什麼？」一下課，程莉莉立刻湊到陶晴身後，搭住她的肩膀。

「嘿嘿，在跟他傳簡訊聊天。」陶晴笑得喜孜孜。課堂間，收到簡凌雲傳來：現在在上什麼課？我好無聊啊！類似的談話。

「你們傳很多封？很貴耶！」程莉莉瞠目結舌。

「他沒有亞太或威寶喔？」李茹雯後來聽陶晴聊起生日那天後續發展的劇情，知道他們有交換電話和ＭＳＮ。

陶晴滿頭問號，「威寶？為什麼要這個？」她聽過亞太，至於威寶……好像有印象耶！

李茹雯搞笑地看著她，「晴，妳傻了喔！我聽說最近流行用這兩家打電話，愛聊多久就多久，免費的，每三分鐘掛掉一次，還是免費。」

啊！天哪，時代的眼淚，她完全忘記這件事情！

「啊哈哈哈，顧著跟他聊天，我忘記了。」

「妳是聊到犯傻了。昨天看妳敢在方老師的課堂打瞌睡，簡直皮癢！」李茹雯一臉這樣不行、沒救了。

程莉莉悄聲在陶晴耳邊低語：「怎麼樣？是不是回家偷偷和他聊到天荒地老？」

「胡說，天荒地老誇大了，聊到半夜四點多，睡到中午起床，然後有收到他的午安簡訊。」陶晴一臉訕訕，撥了撥頭髮。

「你們好瘋狂喔！」程莉莉言簡意賅下結論。

「年少輕狂～」陶晴很久沒有這麼瘋狂了，聊天聊到半夜四點，未來的自己，只有加班工作到半夜……慘！

「說的妳多老似的，才剛滿十八歲捏！」

程莉莉的話讓陶晴一滴冷汗流下，即便披著十八歲的外貌，她真講話方式很老態嗎？

「那你們聊什麼？」八卦魂上身的程莉莉索性坐在陶晴前面的位置，現在下課時間，暫坐別人的座位無妨。

「隨便聊，話題很多，例如寵物，他有拍他們家的狗狗給我看。」

以前手機畫質不好，他自拍抱在懷裡的小狗後，寄到信箱裡面，再從電腦下載，傳送到MSN給她看，但依然可以看得清楚，是兩隻很可愛的馬爾濟斯。

CING：好可愛喔！我也想抱抱牠們。你常帶牠們出去玩嗎？

FENG：沒呢，不曉得為什麼把牠們養得很嬌貴……出門在外，我幾乎都抱著牠們。

CING：如果是我，搞不好牠們會跟我一起出去。

FENG：唔……那我就將就一下好了。

CING：喂喂喂！什麼將就，我帶牠們溜可沒收你的薪水。

FENG：也是，免費的勞工。

CING：哼哼，那事不宜遲，找個時間我帶牠們出去玩！

FENG：妳的急切讓我覺得妳想把牠們拐走，誰不好拐，偏偏拐牠們。

CING：我哪有急！我這是……覺得牠們很可愛。
FENG：不過呢，帶他們出去玩不是不行，但我喜歡慢一點的步調。
「這到底是什麼對話……？」李茹雯傻眼，「一個慢郎中、一個急性子。妳分明是透過狗想把他約出來！」
「偏偏拐他們！唉唷，感覺他似乎暗示什麼！」程莉莉已聽出簡凌雲的弦外之音。
「我本來想回：『那就連你一起拐』。但想想太直接了，我沒有膽子。」
陶晴笑了笑，接著想起十二年後，他們在LINE聊到一個話題。
CING：工作好累喔，我要宅在家躺平。
FENG：宅就宅啊，女生宅一點也好，如此一來可以方便照顧。
「她完全陷進去了。」程莉莉看著陶晴一邊微笑一邊搖頭晃腦的樣子，真的很像中邪。
李茹雯認同點了點頭，「陷的不淺。」

※※※

吉他社和熱音社成果發表會在周六展開，地點選在商管大樓和教學大樓中間的圓弧形廣場，廣場牆壁貼上「成果發表會」的字樣，鼓、吉他、音響設備的線路都已接好。

周圍擺放幾張折疊椅，是準備要給彈奏者使用。觀眾則坐在廣場外圍的階梯，高低錯落不影響視線的欣賞。

當天太陽炙烈，程莉莉坐在階梯的第二排，前面一排已坐滿人，她拿出準備好的外套從正面將雙手套入，保護兩手臂不被太陽曬黑，觀眾大多是吉他社和熱音社的鐵粉、已經畢業的兩社學長姊、相揪的學弟妹，和少部分四〇一的同學。

程莉莉、李茹雯聯合其他學弟妹做了兩張長寬各五十公分的大字牌，紅底的信商吉他社，以及畢業的學長姐們親筆小貼，貼在斗大晴字的大卡片上。

吉他社和熱音社組員們站在場邊，兩社社長認真協調等會兒進行的排程，一切準備就緒，第一場由兩位學妹負責彈奏吉他，陶晴擔任主持人。

「大家好，我是第一場表演的主持人陶晴，也是前吉他社社長，謝謝大家到來，讓我們一起欣賞演奏。」

陶晴朝一旁退，將場子交給兩位學妹演唱倒帶。她轉頭朝觀眾席望去，兩位好友抱著牌子，表情非常興奮，視線向後看去，身材高大的男孩站在花圃邊，沒有入境隨俗，與其他人坐在階梯聆聽。

他今天穿著白色T-Shirt、黑色牛仔褲，外套是一件黑色的連帽外套，頭戴一頂黑色棒球帽，以前的打扮雖然沒有未來的韓系花美男風格，但也有另一種值得欣賞的台系輕鬆裝束。

不管以前、現在或未來，簡凌雲的裝扮十分隨性自然，陶晴更喜歡這種簡簡單單的美好。

簡凌雲雙手環胸，臀部微微坐在花台邊。發現陶晴的目光，他朝她揮揮手。

在未來，她從醫院回到家時，他也是這般等待，當時她內心有一個奇異的感受，疲倦回到家中，有個家人默默等待你的歸來，是溫馨的幸福感。

終於看開　愛回不來　而你總是太晚明白

歌曲：倒帶／作詞：方文山／作曲：周杰倫／編曲：鐘佐泓／演唱：蔡依林

當學妹唱到這句歌詞時，陶晴原本滿懷雀躍的情緒瞬間沉到湖底。簡凌雲結婚的時候，她終於看開愛回不來，是自己太晚明白。

這首曲子直到未來依然是熱門的經典歌曲。陶晴出神般掠過簡凌雲，烈日當空，揚起的視線因光線太過耀眼而閉上眼睛。

第一場表演結束後，掌聲響起，陶晴把主持的工作交給現任社長，深呼吸，走上舞台。

第二場由她和一位學妹一起彈奏及演唱——我們沒有在一起。

真該說是命運，還是巧合？

成發演奏的兩首曲子的歌詞意境讓她感觸很深，勾起長達十幾年的回憶，而這次回到過去後，累積的回憶不只十幾年。

你說你現在很好而且喜歡回憶很長
我們沒有在一起至少還像家人一樣
總是遠遠關心遠遠分享

歌曲：我們沒有在一起／作詞：黃婷／作曲：木蘭號、AKA、陳韋伶／
編曲：WAVEG／演唱：劉若英

我們擁有十幾年的回憶，總是遠遠關心，偶爾祝福彼此。

我們的確沒有在一起，是好朋友，對他而言很重要的人，也許代表的意思是像家人一樣。

陶晴自彈自唱的時候，她的視線越過觀眾，直線地鎖住坐在花圃旁的男孩。他的眼簾此時是闔上的狀態，享受吉他與悵然的歌聲糅合的情感，下一秒，一句歌詞深深的撞進心裡，他的眉頭微微動了動，掀開眼簾。

可是呀只有我留在回憶的最初地方

陶晴自然而來的吐出歌詞，沒有任何遲疑，吉他的旋律也未中斷。

學妹愣了一下，悄悄看了陶晴一眼，發現學姊泰然自若，不知道有沒有意識到唱錯，還是知道唱錯，順勢錯下去。

這句歌詞錯了，正確是——可是呀只有你曾陪我在最初的地方。

觀眾沒有人對於歌詞的錯誤產生太大的反應，安靜聆聽。

簡凌雲複雜的視線與陶晴的目光在空中交會。她看不懂他的眼神，裡面參雜些微的好奇，緊接著，他挽起嘴角兩側，露出溫和的微笑，輕微而深刻。

一曲終了，陶晴與學妹一同起身鞠躬，並將吉他放在角落。社長走上舞台，流暢地主持發表會。

陶晴放鬆地籲口氣，走下舞台，離開舞台角落，從後方繞過花圃，不用經過觀眾席。

陶晴剛靠近簡凌雲，還沒開口，就聽他語調輕鬆地說：「晴，妳很緊張齁。」

「被你發現了。」她以前的每一場表演都很緊張，但是有他在的場子更緊張，因為不想要在他面前凸槌。

「沒事，儘管把心中想表達的情感透過吉他表達出來就好。」他的微笑給人一股和煦的安定感。

「謝謝。」他總是那麼貼心，善解人意。

兩人站在花圃旁邊，陶晴有感而發地說：「接下來沒有我的表演了。」

四年級的陶晴明年即將畢業，今天的成發表演是協助學弟妹，社長的職務早已升上四年級後轉移給三年級的學弟。

在他們聊天的同時，第三場由兩位學弟登場，一位負責彈奏鍵盤，另一位則彈奏吉他。

「啊？可惜。」他惋惜地說，「我以為今天可以場場都聽到妳的彈奏。」

「我覺得我表現很爛！多讓學弟妹表演練習壯膽，是不錯的！」以前剛進入吉他社，學長姊同樣利用多場表演，讓她成長越來越茁壯。

「不爛。妳將感情投注到歌聲裡面了。」

「有嗎？」陶晴知道他很會說話，不希望是安慰自己而這麼說。

簡凌雲簡單俐落地說：「有。」

「我怎麼沒發現。」

陶晴喃喃嘀咕。簡凌雲勾起嘴角，剛啟唇欲說，就聽見她追問：

「那我投注什麼情感？」

簡凌雲歪頭看了她半晌，正過身子，整個人面向她，被陽光蘊染的眸子裡泛著金色光澤，使得眼中的溫度陡然上升。

「在我對上妳的眼睛時，妳眼中劃過一抹的傷感。」

陶晴直勾勾迎上他的眼睛，他眼裡的溫度彷彿有渲染力，隨著他的嗓音讓她心跳加速。

她以為在腦海想起，不會在聲音、表情表露太多，若非認真專注傾聽與關注，是不會注意到靈魂視窗裡的祕密。

見她沉思的模樣，他出聲追問：「這首歌讓妳想起不好的事情嗎？」

「不是不好，是遺憾。」和簡凌雲認識的十幾年，是美好的緣分，她從來不後悔認識他，更沒有後悔喜歡過他。

空氣繞著悶熱的風，捲起她一頭長髮。陶晴將纏繞在臉龐的髮絲往耳後勾，微微抬眼，刺目的陽光照射進眼底，她瞇起眼睛。

「你有沒有曾經有過讓你後悔不已的事情？」

「暫時沒有。」簡凌雲略略移動位置，用自己高大的身軀遮住陽光，雖然不能完全擋住，至少能減少眼睛的刺激。

陶晴剛問完，意識到問題很蠢，「也是，你下個月才滿十八歲，這麼年輕，哪有遺憾。」

「晴也是十八歲呀，為什麼偶爾會露出哀傷的表情呢？」簡凌雲低聲笑道，「年少老成嗎？在我眼裡，晴是青春美少女。」

「那是因為我……」陶晴甫一張口，看見簡凌雲專注的眼神，滑到舌尖的聲音順勢收住。

「嗯？」

在簡凌雲耐心等待的目光下，陶晴絞盡腦汁想了一個理由，「其實我做了一個夢。」

「說來聽聽。」簡凌雲神情非常專注。

「我夢見未來的我，失去一個重要的人。」作夢通常是讓人不太會懷疑的理由。

簡凌雲下意識猜測，「他……死了？」

「沒有，他很幸福。」能步入婚姻，他是幸福的。雖然當時她沒有勇氣看見穿著結婚西裝的他。

「那妳沒有失去他呀。」簡凌雲暗暗鬆了口氣，如果她夢見的那個人已死亡，那他會不知道如何安慰。

「因為夢裡的我喜歡他，喜歡很久了。他是我的初戀，但最後我不是陪伴在他身邊的人。」將把往事包裝成夢境，陶晴感覺到自己能暢快說出心事。

「夢境和現實相反。」簡凌雲沒有笑她的傻，他知道陶晴訴說這件事情很慎重，斷然不會嘲笑她把夢境當作現實杞人憂天。

「你也會說這種話安慰我呀，哈哈！」

簡凌雲說的這句話，陶晴早就聽過幾百遍了。

「這不是安慰，是事實。」簡凌雲說著自己的見解，「不過呢，他又不是死了，他只是跟別人在一起，如果他真的死了，那才叫完全失去。」

「說的也是。」經過提點，陶晴想了想，如果未來的簡凌雲死掉，她會比他結婚更難受、更崩潰。

「簡凌雲。」陶晴忽然第一次喊他全名，他似乎有些錯愕，但沒有露出不高興的表情。

「如果有機會讓你回到過去，你想做什麼事情？」

「這個嘛……」這個問題問倒他了。「語帶保留，我得好好想一想。」

陶晴笑了笑，這時聽見觀眾席熱鬧非凡，有人喊著自己的名字。

「嘿，晴，我們來拍照。」

兩位畢業的學長和學姊雙雙走來，他們是上一屆的吉他社社長和副社長。

「學長姊好！好久不見～」陶晴禮貌打招呼，一邊低聲對簡凌雲說：「我先去跟他們拍照。」

簡凌雲朝她點點頭。

陶晴來到舞台旁邊，和學長姊拍照聊天，另和三年級的社長互相交流。目前是發表會的中場休息時間，階梯剩下少部分的人，就連程莉莉和李茹雯不知道跑哪去了。

聊了一會兒，學長姊因為後面還有事情，下半場無法參加，一群人拿著牌子合照，各自分手。

程莉莉和李茹雯慢慢晃回舞台，陶晴朝好友們揮揮手。

「妳忙完啦？演奏不錯喔，唱出感情，超好聽！」李茹雯讚揚般豎起拇指。

「那就好，我超怕搞砸學弟妹的場子，我真的超級緊張。」

「走啊！我們去拍照。」程莉莉兩手拿起地上的牌子。

「去哪？」陶晴不知道程莉莉要把牌子拿去哪裡拍？校門口嗎？

「笨，妳把金風晾在那邊對嗎？人家難得來捧場，趁現在多拍幾張合照呀！」

陶晴這才想起來，今日拍的照片會被程莉莉保存下來，並在未來的時候轉傳給自己回味青春。

不過既然回到過去，偷偷多拍幾張照片，不為過吧？

「來來來，我來幫你們拍照，第一張全身照喔！」程莉莉手拿casio相機，大聲吆喝。

「等一下，牌子！」陶晴連忙想起來，牌子要入鏡。

李茹雯衝去舞台拿起牌子，交給陶晴。

「第一張全身喔！笑一個！」程莉莉抓好角度，按下快門，拍完後發現兩人距離不緊密，於是說：「你們靠近一點，不要這麼生疏嘛！」

陶晴抬頭看了一眼簡凌雲，他正好也低頭，四目相交。

對吼，她幹嘛這麼生疏？都拍第二次了，少女心通通豁出去！

這一次，陶晴主動靠近簡凌雲，身軀微微貼向他，兩人一人拿一張牌子。

「莉莉，妳稍微蹲下些，相機往下，角度往上一點，對，就是這樣，地面不要留白太多。」陶晴想到什麼，指使程莉莉。

「為什麼要這樣拍？」拍照不是都站著拍嗎？程莉莉蹲在地上，李茹雯在一旁看著相機裡面的畫面，以比例來看，比前面幾張好很多。

「這樣比較好看。」這是未來的時候，陶晴學習網美的拍照技術。

陶晴移動姿勢，伸出一條腿，把自己一百六十公分的身高拍得像一百七十公分。

簡凌雲沒有抱怨，配合度十足，只不過他沒有別的姿勢，除了微笑還是微笑。

「我還要蹲多久，好累喔！」十分鐘後，程莉莉坐在地板，蹲到腿痠啦。

「哈哈哈！相機給我，我跟他自拍，妳們辛苦啦～」

李茹雯懂得姊妹的暗示，拉著腿麻的程莉莉離開，別當電燈泡。

陶晴拉著簡凌雲坐在台階上。十幾年沒有使用相機，操作起來非常困難，不曉得哪個按鍵可以設定遠近、翻看存檔的照片。

「我來。」畢竟現在的簡凌雲是過去的古人，他的動作十分熟稔。

這個時候的相機遠距調動空間少，兩人靠得很近很近，才能拍進畫面，於是陶晴試著將頭輕靠向他的肩膀，心裡忐忑不安，就怕他稍稍退開，氣氛變得尷尬。

幸好簡凌雲沒有反彈，稍稍調整肩膀高度，讓她靠得更舒適。

陶晴看了一下簡凌雲的操作，便說著要試試看，說得容易做得難，自拍幾張她被切掉的照片，惹得簡凌雲大笑。

陶晴看著簡凌雲的笑顏，真希望時間停留在這一刻。

※※※

吉他社與熱音社成果發表會結束。接隨而來的是信商的校慶。這次校慶四〇一是最後一次參加，經過程莉莉和班上同學一起討論，在班導的協助下，攤位決定舉辦販售食物，仙草四十元、壽司四十元、涼麵三十元，攤位名叫：飄飄&飛飛芋仙。

當天校慶於八點準時開始，校慶開幕典禮在運動中心二至三樓舉行，日間部在二樓列隊，夜間部則在三樓階梯列隊，聽完令人想睡的理事長、校長、教務主任的致詞，以及頒發校慶徵文比賽獎狀、學年度在校生優異成績、班級證照優秀獎，已是九點半。

日間部攤位在操場舉行，夜間部的攤位則在正校門口的空地，可以容納夜間部四個年級，每個年級有五個班級的二十個攤位。

等準備就緒，開放校外人士進來，是十點之後。

攤位每隔一小時輪流換一批人顧攤位，負責食材備貨以及攤位收拾的同學不用輪值，一班學生有三十五個，為了讓大家都能參與的機會，班導決定這樣分配。

十點多左右，陶晴待在四〇一教室，和其他同學聊天，校慶典禮結束後，還沒輪到她值班時間，她和李茹雯先回到教室休息。

一群人站在走廊拍照，看見程莉莉從樓梯上來，陶晴朝她吆喝：「程莉莉，快來拍照喔！拿到創作短篇散文第二名耶！不拍一下太可惜了！」

「來了！」身為班長的程莉莉今天忙翻了，從九點半後她跑去攤位忙碌，協助第一組顧攤位的同學。

「哇，我快累死了！客人好多，剛剛幫忙了一下，等第一組人員上手，我才離開。」程莉莉靠在牆壁，拿著獎狀搧呀搧，接近冬天，天氣不熱，可是處於小蜜蜂的狀態下，難免氣喘如牛。

李茹雯坐在窗台上，拿著一包洋芋片，「目前賣最好是什麼？」

「壽司，攤位包壽司包到快升天了。」等程莉莉氣息平穩，陶晴幫她拍一張獨照，然後讓李茹雯幫他們拍張合照。

「我聽說下午會有雷陣雨，一直持續到晚上。」

李茹雯經過上次成發後，試著練習陶晴指導的拍照技巧，蹲低身子，相機下放，鏡頭角度上揚，畫面抓出九宮格，將人物鎖在中間。

「真的假的，我沒有帶傘！」陶晴驚駭。

李茹雯將相機交給陶晴檢查照片，「沒關係啊，一起走。」

「欸，妳們要不要來打牌？玩心臟病。」教室裡的小溫趴在窗口喊道。

「好啊，加我一個！」李茹雯率先報名。

「小溫，妳忘記三上校慶被方老師罵嗎？」陶晴真佩服他們有膽子玩。

小溫朝他們招招手，「我跟妳說，她今天心情超級好，因為我們班的證照率是百分百，妳沒看到方老師典禮上台時候的模樣嗎？笑得合不攏嘴，她現在忙著跟其他老師開槓啦，不會鳥我們啦。」

說的也是。陶晴聽完小溫的話不無道理，而且都要畢業啦，是否再瘋狂一回？

陶晴還沒答應，程莉莉扯開嗓子向從另一端男廁走回來的男生喊道：「阿肆、阿肆，要不要打牌？」

「程莉莉，小聲點啦。」小溫撫額。

陶晴促狹道：「身為班長帶頭做亂哦。」

「沒事沒事，出事我扛！輕鬆一下嘛，等等一小時後換我們顧攤位。」程莉莉溜進教室前，又朝慢吞吞的阿肆喊道：「跑起來，快點，大家都在等你。」

「我有說我要打嗎……唉，算了，打一場。」阿肆加快步伐回到教室。

歡樂的時光過得特別快，陶晴、程莉莉、李茹雯、小溫、阿肆和另外三位同學在十一點半前結束遊戲，提前去攤位做換班交接。

交接過程，程莉莉發現零錢不夠用，幸好有提前準備備用零錢，可是零錢放在教職員室，由班導負責管理。

然而現場忙翻，人潮持續湧入，賣得比去年舉辦的水果攤成功，程莉莉一邊主持排隊人潮，一邊留意攤位裡面每個人的工作配置與流程。

陶晴自願分攤程莉莉的工作，「我去拿，跑腿的事情交給我。」

「好啊，去教職員室找班導喔。」

「好。」

陶晴來到商管大樓一樓的教職員室，光是站在門口就聽見方老師氣勢如虹的大嗓門，如何鞭策班上那群皮學生的證照考試，一群老師笑得樂呵呵，分享自己班上也有幾個頑皮的學生。

門沒有關，陶晴進入教職員室，向老師們打聲招呼，竟意外與簡凌雲不期而遇，他正在與班導國貿老師交談。

彼此互相對眼一秒，陶晴匆匆轉移視線，這裡老師太多，一堆眼睛盯著，別在簡凌雲身上投注太多目光比較好。

「老師，我要換零錢。」陶晴將程莉莉交給自己的千鈔和部分百鈔交給班導。

「賣得好嗎？」

方老師接過鈔票，從口袋拿出鑰匙打開抽屜，拿出一袋已經分裝好的五百元十塊錢。

「壽司賣很好，包到出餐速度慢。」

「跟班長說，再調一些人支援，不然我待會去教室看看有沒有沒事做的人。」

「不用啦，這部分我們處理就好，老師您校慶好好休息。」

要是方老師看見教室另一群人在玩牌，鐵定大發雷霆。陶晴心裡琢磨著等等要去教室打小報告。

「快去忙吧。」方老師忽然想起一事，連忙叫住要離開的人，「陶晴，來來來。」

「我跟你們說，陶晴也是班上證照高手，是班上少數將困難的會計乙級拿到手！」方老師拍著陶晴的肩膀，氣勢軒昂的大聲誇獎。

「這多虧王老師的教導。」陶晴柔柔和害羞地微笑，同時間，她感覺到一股視線落在自己身上，那是帶著一股玩味的視線，她知道這道視線是誰的。

身為指導四〇一會計的王老師客氣地說：「這孩子會計一直都很好呀。」

「陶晴的貿乙也有通過呢。」坐在另一頭與簡凌雲談話的國貿老師忍不住介入話題，使得陶晴的笑容更僵硬，就像第一次暴露在鎂光燈下的明星。

方老師滿意大笑，終於放過陶晴，「好啦，去忙去忙。」

陶晴立刻轉身離開，來到走廊，重重的吐口氣。抬起頭，她看見簡凌雲剛好離開教職員室，兩人再度打照面。

「整個教職員室都是你們班導的聲音。」

兩人並肩行走，簡凌雲雙手插著口袋，模樣慵懶散漫。

「我知道，站在外面都能聽得一清二楚。」陶晴看了他一眼。這個時候兩人已經朝正門的方向走去，他也要去正門擺攤位？

「呵呵，我知道妳剛才很為難，像是被人趕鴨子上架。」他低聲笑道。

「對啊，但我不會討厭方老師的行為，她說我們這班是她帶過所有的學生裡面，最有成就的班級，而我很感謝從高一，就能被她帶大，她是個好老師。」她只是剛才覺得很尷尬害羞，眾目睽睽之下被一群老師誇獎，她不認為今日的成績是自己的本事，而是班導的功勞。

「聽說你們剛剛在打牌？」簡凌雲突然彎腰，小聲地在她耳邊低語，鼻息滑過耳窩，讓她的耳根子暈出一片淡紅。

「你怎麼知道？」心臟病是極刺激的遊戲，班上同學竭盡放低音量，居然被其他人發現！

「聽別人說的。會待在教室不去逛攤位的，不只有你們班。」

說的有道理。陶晴猛然想起還有比零錢更急的事情。

「啊！我現在要趕著拿零錢給攤位的同學，等等要回教室跟打牌的人注意，免得班導出其不意跑上來查訪。」話還沒說完，她人已經往前走了幾步，身後傳來簡凌雲的聲音。

「晴，今天放學要不要吃晚餐？」

陶晴轉過身，眨眨眼睛看著他，那模樣十分驚訝。她不是在作夢吧？金風居然開口約了！雖然現在很想掐一下臉頰證明是不是在作夢，但她知道現在不是犯傻的時候。

「好、好呀。」她笑著答應。

「到時候電話聯絡。」簡凌雲拿著手機晃了晃，然後邁步越過她。

陶晴抱著零錢袋，一路笑著回到攤位。程莉莉本想喊她怎麼現在才回來，卻發現她雙頰的紅潤蔓延到耳朵。

「嘿，發春啊？」

「哪有！」陶晴將十塊零錢倒入盒子，趁程莉莉在旁邊，迅速在耳邊低語：「金風約我吃晚餐。」

「哇嗚～～就說發春嘛。」

「那是開心，不是發春！」

「那晚上我們不一起走囉，金風應該有帶傘吧？」程莉莉手上忙著包壽司，聲音透過口罩傳出來。

「呃，我不知道。」陶晴沒有想到這部分，「萬一他沒帶，怎麼辦？晚餐是不是就約不成？」

「妳問問，他沒帶的話，妳就說妳有帶，我雨傘借給妳，行吧？別說姊妹沒義氣！」程莉莉拍拍胸脯挺到底。

陶晴立刻傳簡訊給簡凌雲，很快收到他的回信，他確實沒有帶雨傘，更質疑今天不會下雨，現在天氣很好。

「我只好用雨傘幫你們神助攻啦！」程莉莉嘻皮笑臉地說。

午後三點整，下起雷陣雨，轟隆隆的雨滴聲響打在攤位的布幕，彷彿要把布幕打出一個洞，兇猛的雨水往下墜。

校慶於五點結束，日夜間部攤位在三點的時候陸陸續續開始整理、收拾，學生們開始清場校外人士。

四〇一壽司在中午時段售缺，剩下仙草和涼麵，到三點收攤的時候，食材販售完畢，負責收攤的組別速度很快，四點時候已將攤位清理乾淨，廚具等自備物品搬回教室。

同學間依然活力十足，討論待會兒要去哪裡續攤。陶晴因為和簡凌雲有約，不和其他人約吃豆花。

簡凌雲發簡訊來，要她再等一會兒，因為三〇一仍有食材沒有賣完，目前正在進行打包動作。

班導看時間差不多快五點，就讓學生各自解散。

「掰掰！」

「下周一見～」

陶晴依然坐在位置等人，除了程莉莉和李茹雯，她沒有跟別人說在等學弟，對外統一說詞：在等校外朋友，雨太大，等朋友到後才會離開。

程莉莉和李茹雯離開的時候，特別比出加油的手勢，看得陶晴會心一笑。

時間來到五點半，陶晴收到簡凌雲的簡訊，約在一樓見面。陶晴背起側背包，手拿跟程莉莉借來的淡藍色摺疊傘，快速朝奔下階梯。

簡凌雲頭髮有些凌亂，外套肩膀處有些許的水漬，看起來是收拾攤位的時候淋雨。

雨勢緩和許多，不如稍早傾盆大雨，雷聲隆隆。

「雨比剛才小了點，但還是好大……」簡凌雲順手接過陶晴手裡的雨傘，「還好妳有帶傘。」

「你平常都不帶傘嗎？」陶晴沒有反對，他的身高適合拿傘。

「我很懶。」撐開雨傘，簡凌雲將傘靠向她。兩人不約而同跨出屋簷底下，進入雨水範圍內。

「淋雨會生病，不能因為懶而不注意。」陶晴振振有詞。

「我知道了～」簡凌雲的口吻帶著一絲笑意。

程莉莉這把傘是單人傘，傘內擠兩個人是可行的，不過雨勢較大，陶晴的右手仍會被雨水濺濕，往左靠會太貼近簡凌雲。

陶晴發現簡凌雲頻頻將傘傾向自己，他左半邊的袖子溼掉大半，這讓她看了不好意思和心疼。

兩人已經出校門，正準備過第一個馬路，眼看綠燈秒數逐漸遞減，於是她深呼吸，抬起左手勾住他的右胳膊，泰然自若的加快步伐。

「雨好大喔，我們走快一點，先去捷運站。」陶晴藉著將轉紅燈為由，勾住他的胳膊，瞬間讓彼此的距離拉近。

「對呀，晴，我們還沒決定要吃什麼？」

簡凌雲的語氣聽起來很正常，在她勾住他的胳膊後，也沒有明顯感覺到他身軀的緊繃或不自在。

那他應該是不排斥吧？當下勾住他的手，真的很怕被甩開。

穿過馬路後，依然沒有屋簷能遮雨，兩人快步行走在雨中。陶晴眼睛悄悄朝簡凌雲左手邊看去，雨水沒有大規模濺到他身上。

「約晚餐的不是你嗎？我以為你有主意了。」陶晴沒有勇氣看他，眼睛看著前方，輕鬆地調侃。

「我有主意，也要妳答應。」

「所以你的主意是？」陶晴愣愣抬起臉，對上簡凌雲垂眸的溫潤眼神。

「咖哩蛋包飯，我知道有一家很好吃。」他臉上泛起清雅的微笑，儘管下著雨，他的微笑如穿透灰濛的陰天，成為熾亮的晴空。

「好呀，信你這一回。」陶晴眸底閃著愉悅的光彩，淨白的臉上蔓延淡淡的粉紅。

【章八】

三十八度C的情侶

「真的要打賭嗎？」站在一棵松樹下的陶晴猶疑不定看著身邊的男孩。

今天是週六，是平安夜，他們事前以讀書的名義申請自習室，撥空來圖書館後面的空地，空地有一棵壯碩的老榕樹，地處偏避，陶晴會發現這個地方是因為常常有情侶來這邊談判、私會，告白。

「我認真了。」簡凌雲一本正經看著陶晴。

「我以為你隨口說說……」

經過校慶晚餐邀約後，他們偶爾假日會約出來見面吃飯，還會一起去看展，除了上次她主動過馬路勾手，偶爾過馬路時，遇到轉彎的汽機車，他會輕輕搭住她的肩膀，然後馬上鬆開，沒有更多的親密接觸，若有需要肢體接觸，他會先點頭請示，然後微笑鬆手。

某一次晚餐聊天，他們聊到時事，話題瞬間就來到祕密。簡凌雲十分好奇，刻在她心底那個人的名字是誰？還有她不願再提起的神祕的歌曲。

陶晴看得出來他真的很想知道，先前她也說了：以後你就會知道了。以後是多久以後？老實說她不知道，當時是想堵住他的嘴，顧左右而言他，後來他真的沒再問，但是眼神裡透釋放強烈的我想知道！

知道他的體貼，陶晴也想讓他知道祕密，可是回到過去是絕對不能對外人提起，直到未來時間點到了，才能說。

於是簡凌雲不知道哪來的點子，看見最近新聞報導一九七〇年時，日本大阪城外埋下時間囊，提出時空膠囊的想法，既然陶晴面有難色將祕密說出口，不如雙方寫下祕密，約定好十二年後拿出來看，這樣更多了一絲期待的心情。

陶晴一開始還覺得幹嘛要十二年，十年也可以。簡凌雲說這是因為她喜歡十二這個數字。

「妳後悔了嗎？」簡凌雲歪頭看著她，現在他一手拿著鏟子，一手抱著鍋子。

陶晴搖搖頭，「沒有。」只是有些忐忑不安，因為過去的時空，他們之間沒有使用時空膠囊，將十二年前想說的話寫在紙條，埋在校園裡某棵樹下。

如今朝這方向前進，她對未來的走向會更不知所措，但是她沒有後悔，接下來要靠自己的雙手拼出兩人的未來！

見她深思嚴肅的模樣，簡凌雲惋惜地嘆氣，「如果真的不想要就算了。」

「不行，我要、我要！」人都來了，別想改變心意，陶晴忙不迭地回答。

「呵呵。」

「晴是在猶豫要寫什麼祕密嗎？」簡凌雲挑挑眉，「如果不知道寫什麼，不如就寫下妳的體重，女孩子除了年齡是祕密，體重也是祕密吧？其實很胖？」

「我不胖，你真的很討厭！未來也……」陶晴倒抽口氣，忽然禁聲。

他玩味地看著她，「夢裡未來的我，也說妳胖嗎？」

廢話！說的還興高彩烈。高中時期，陶晴的體重約四十五公斤，屬於偏瘦的體型，不過從上次校慶晚餐後，他們假日私約幾次，有一次她衣服穿得比較緊身，吃完飯後肚子微微鼓起，結果——

那一天晚飯後是九點了，兩人邊走邊聊，沿路逛西門町。那個時候除了西門町外，士林夜市也是熱門，還沒落沒的逛街場所。

或許是當天吃太飽，前一晚睡眠不足，陶晴飯後頭暈，兩人進入六號出口，進站的時候，簡凌雲關心問道：「妳還好嗎？一個人回的了家嗎？」

有頭暈症狀，不至於無法走路。當時他要搭綠線往新店方向，而她要搭綠線往台北車站方向，捨不得早早分開。

於是陶晴扶著額角，裝模作樣地回：「似乎無法，我頭暈。」

「好，我送妳回家。」簡凌雲說得很自然。

陶晴看見他真誠的關心日光，不禁汗顏，好像裝太嚴重了……

兩人在中段車廂上車，簡凌雲見她神色不自然，好心道：「現在診所都打烊了，如果妳真的很不舒服，無法站立，我幫妳喬一個位置出來。」

「怎麼可能，不用啦，快到站了。」陶晴滿頭霧水，而且她沒有不舒服到站不穩。

「相信我，我有辦法。」簡凌雲彎下身，眼中柔光滿溢，「例如：『抱歉，打擾了，我太太身體不舒服，能否讓位給她坐一下。』說話間，指著她的肚子。

陶晴當場目瞪口呆。他居然大言不慚說她胖！

「簡凌雲，你真是個好老公呢。」陶晴沒介意，反正未來常被說胖，現在都免疫了，當個一日老婆也不賴。

她小聲嘀咕說：「這樣你應該稱呼老婆，老婆比較好聽。」

「晴，妳剛才說什麼？」

簡凌雲的呼喊聲喚回她神遊的思緒。陶晴尷尬掩飾自己的發花癡的表情。

「沒有、沒有！」

後來當天陶晴只讓他陪到台北車站，這樣他可以往新店線直接搭回去，沒有讓他苦命送她走回家。

簡凌雲蹲下身，將鍋子放一旁，拿起鏟子專注掘土。

「我們約定十二年，可惜我們沒有他們重金打造的容器，只好拿鍋子裝。」

「哈哈哈哈，這真的好好笑。」拿鍋子裝，虧他想得出來！

簡凌雲只帶一支鏟子，陶晴想幫忙，他要她先去把自己的部分放入鍋子裡面。

陶晴很清楚他想知道的祕密，十二年後，她認為沒有必要繼續隱瞞回到過去的祕密，於是在他提議時空膠囊的想法，為了避免字跡、紙條泛黃，她用做卡片的塑膠板，切割小塊，做成一本冊子。

至於簡凌雲用什麼方法防止氧化，她就不清楚了，多半採用塑膠卡片的方式。

「我們要幫時空膠囊取什麼？」

陶晴知道大阪城的膠囊，總共分上、下兩層，時間艙一號裡面存放很多二十世紀的指標性文物，約定好五千年後打開，時間艙二號則每隔一百年，將當時流行的物品替換進去。

「晴晴艙一號。」

「……不好笑，很俗！」

簡凌雲開懷大笑。雖然是冬天，但在毛衣的保暖下，掘土掘到滿頭大汗，他嘗試抬起手臂，用衣服抹掉滴在眼簾的汗水。

陶晴抽出一張隨身攜帶的面紙，蹲在他旁邊，細心擦拭眼睛和額角周圍。

「要換我來嗎？」

「不用。」

「這樣很沒參與感耶！」

簡凌雲不想讓她做粗重的事情，明明是為她好，卻被說沒有參與感。他失笑般看著她，把鏟子遞去。

「喏。」

「換你去把祕密裝入鍋子，不可以偷看我的啊！」陶晴樂得接手，學著簡凌雲剛才的手勢、角度，卯足全力挖土，既然要埋，就埋得深一些，免得還沒到十二年，就被別人挖走了。

回到過去的祕密非常重要，她不想要讓其他人知道。

「既然都約定好了，我不會偷看，放心！」簡凌雲端詳陶晴做工精緻的盒子，祕密在盒子裡面。

「因為很重要。」

簡凌雲帶來的鍋子長寬各三十三公分和二十八公分，陶晴特別和他商量內部容納的空間，去買一個小的鐵盒子。

「你用什麼裝？」陶晴轉頭看他，發現他手上捧著用黑色色紙包裝的方形盒子。

「我用玻璃盒子，外面貼一層色紙。」

「好聰明，玻璃不會生鏽。」陶晴納悶自己為什麼沒有想到這個。

簡凌雲笑得自得意滿，「現在知道我的厲害吧。」

「誇一下就得寸進尺。」陶晴用手背抹了一下沾了汗水的額頭，轉頭繼續忙著。

「別動。」

身後傳來簡凌雲的聲音，她轉過頭，還沒反應過來，一張乾淨柔軟的面紙掠過眼前，停留在額角周圍。

「謝謝。」

他的目光凝神專注，舉止沉穩溫柔，嗓音更似棉絮輕柔，這種柔簡直融化到她心坎了。

「累嗎？」溫厚的嗓音在冬天的天氣裡，以及他溫柔貼心的舉動，就像是個高溫的暖暖包。

「不、不會。」陶晴呆呆地看著他，而他柔亮的目光也正瞅著不放。

怎麼辦，她暈船更嚴重了……

陶晴害臊地避開他的眼睛，不與他目光交接。

「還說不會。」簡凌雲說著，接過鏟子，往她的位置移動幾分，陶晴見狀，往後退幾步，若沒有移動，現在他們的手臂會毫無縫隙接觸。

陶晴站在一旁，兩隻手微微顫抖，是因為剛才被那雙眼睛電得暈船，他靠近的時候，她近乎呼吸中止，心跳如脫韁的野馬失序。

「聖誕節那天……」簡凌雲背對著她，雙手沒有停下來過。他停頓了一下，興許是挖土累了，他喘息的呼吸飄在空氣裡，隱隱透出些許的緊張。

過了幾秒鐘，彷彿鼓起勇氣、下定決心般開口——

「一起去看電影吧。」

話出口後，四周靜得只剩下他喘息的呼吸和挖土的聲音，漸漸的挖土聲停止。簡凌雲感到古怪，好奇扭頭一看。

「晴？」

簡凌雲看見她呆若木雞站著，沒有反應，這是神遊了嗎？

陶晴忽然像被訓誡的兵大喊：「在！」

簡凌雲失笑，「呵呵，我知道妳在呀，所以妳是答應？」

糟糕，他剛剛說什麼來著？好像是聖誕節那天約看電影。陶晴有聽見，只是腦袋裡充斥兩種聲音，一個是看電影，一個是糾結自己又暈船了。

「好吧……」沒等到她的回應，失望的嘆息聲在寧靜的空地格外清晰。

「我答應、答應！」她都還沒說話呢，「抱歉，我剛才有點出神。」

「我在挖土，妳在偷懶？」簡凌雲用一種指責的口吻說道，但他眼裡溢滿笑意。

「欸欸欸，不能這樣說！剛才是誰搶工作做的？」而且還故意用眼神放電，真過分！

「是我雞婆……」簡凌雲孩子氣般拿著鏟子戳土壤。

陶晴笑到前仰後翻，重新奪回鏟子的主導權。兩人一邊挖土，一邊聊天，半小時後，挖到一定的深度，簡凌雲將鍋子穩妥放入坑洞，接著將碎土撥入坑洞，逐步填滿。

「十二年後，這棵樹會不會不見？」

「就算不見，掘地三尺都要挖出來。」

「……你說的像是要挖屍體。」

「哈哈哈！」

蹲在簡凌雲身邊的陶晴悄悄注視著他的側顏，一手將土壤撥入坑洞，腦海裡浮現占卜的三條結局，就目前來看，他們是走在最幸福的路線吧？這次回到過去，她比過去更認識他，以前沒有時空膠囊作為兩人的未來牽絆，現在有時空膠囊讓兩人的緣分不斷。

現在你的心裡對我依然是若有若無嗎？這句話在陶晴心中迴盪多次，卻是很難開口的一句話。

※※※

十二年前的西門町雖說比不上未來的繁華樣貌，但也是年輕人榜上有名的聚集地。以前高中時代，陶晴常常跑來西門町挑選好友們的禮物，先前與他來西門町的時候，藉著著逛街，順便打探他有沒有喜歡的物品，好當作生日禮物。

兩人先去吃飯，餐後看了一部印度喜劇片，三個傻瓜，這部電影內含許多人生哲理，上大學後，老師也要求他們看一部電影，寫心得賞析，當時陶晴決定再看一次這部電影。

離開電影院的時候，時間是十點。

明明是一部笑中帶淚的勵志劇情，陶晴看完第三次，依然感動，但不至於愁容滿面，定神一瞧旁邊的大男孩。

「你今天幹嘛愁眉苦臉？」這部片不難看，她剛才看到他邊看邊笑，結果出電影院後，表情就變了！

「感到惋惜。」簡凌雲若有似無的抿著嘴唇，那模樣又像噘嘴。

陶晴覺得很可愛，差點笑出來。「發生什麼事情？」

簡凌雲哀怨地掃了她一眼，這不，睜眼說瞎話？

「唉，等不到某人的生日禮物。」

陶晴噗哧一聲，「剛才忙著填飽肚子，沒時間送你。」她將提在手上很久的咖啡色紙袋遞去，「吶，十八歲生日快樂。」

「好像還缺一味。」簡凌雲沒有接過，雙手擱在身後。

「嗯？」陶晴不太懂簡凌雲的意思，缺天時地利人和嗎？缺燈光美氣氛佳？缺星空下的浪漫夜景？

「晴，妳真笨。」他嘆口氣，暗示性地說：「祝人生日快樂應該要說什麼？」

陶晴愣了愣，臉忽然漲紅，緊張地吞了口口水，在他真摯且熾灼的目光下，小聲喊道：「簡凌雲，十八歲生日快樂。」

「沒有聽清楚。」

「簡凌雲，十八歲生日快樂。」

陶晴抬起頭，與他四目相接的瞬間，他眼中的期盼與柔情盡收眼底，她感覺心跳好像漏了一拍。

「勉強及格，謝謝晴。」簡凌雲伸手接過，他溫熱的手掌觸碰到她的。

什麼勉強及格，該不會要她喊：凌雲，十八歲生日快樂，雲，十八歲生日快樂。又不是情侶，叫單一字很奇怪！

簡凌雲迫不及待打開紙袋，拿出一串聖誕樹、禮物形狀的剪紙卡片，一串三張，總共有三串，每張卡片上都寫著滿滿的黑色文字。

「晴的卡片很漂亮、很特別。」簡凌雲露出滿意的微笑，發亮的雙眼證明他的喜歡。

陶晴伸手擋住卡片，「回去再看喔！」

「好啦。」簡凌雲將卡片放回紙袋，從裡面拿出非常應景的聖誕節包裝禮物。

「我知道回家再拆。」沒等陶晴開口，簡凌雲自動自發將禮物放回紙袋。

兩人離開人潮聚集地，慢慢散步到西門紅樓附近，沿著成都路十巷漫步行走，繞著八角建築的紅色樓房一圈。

「如果我把你送我的卡片，十二年後再拍給你看，你會覺得很恥嗎？」

想起他十二年後仍保留她送的吊飾玩偶。

2011-Jan-30th——這份禮物她會記在心裡。這一刻，她期待那天到來。

「……不會恥，是感動。」

「為什麼？因為十二年的回憶嗎？」

簡凌雲突然停下來，轉過頭看向陶晴，堅定地說：「因為妳沒丟而感動。」

陶晴笑得眼睛彎起來，「假如我沒丟，十年後你再做一張給我？」她一一細數，「然後再十年後，我再拍給你看，還會有卡片嗎？」

「晴想要幾張，就有幾張，不只有生日卡片、中秋節卡片、賀年卡……」說著，他話聲頓了頓，看向她的棕色眼睛深不見底，「還有情人節卡片。」

陶晴渾身僵直，心跳失衡，撲通、撲通的聲音彷彿在耳邊鼓動，然後她看見他笑了，左頰有一個淺淺的梨渦，笑容滿溢的棕色眼睛就像一團溫暖的火焰。

「真的嗎？我會認真喔。」陶晴很喜歡他現在的笑容，天真浪漫、青春可愛，非常符合現在的十八歲男孩。

「我是認真的。」他語調堅定，沒有半點瑕疵。

「那假如換你丟了呢？十年後我不會再做給你。」

陶晴掩唇遮住若隱若現的羞澀，雖然知道原來的時間線，他不會丟掉，但她還是想跟他除了時空膠囊外，有著更多約定。

「沒有假如，是不應該丟！」簡凌雲嗓音鏗鏘有力。

陶晴愣在原地，望進他深邃的眼睛裡，裡面有著明顯的篤定，金風果然是金風，儘管時間線不一樣，他依然是他。

「那以後誰丟了，就……」就什麼好呢？陶晴歪頭思考。

簡凌雲眼光一閃，「答應對方一個請求。」

這個打賭保守，陶晴十分果斷的答應，「好。」剛說完話，她打了一個噴嚏。

聖誕節這天，寒流來襲，氣溫驟降。十二年前四季正常，該冷的時候冷，該熱的時候熱，今天的氣溫只有七度，這種溫度在未來很少見，即便有出現，通常出現短短兩、三天而已。

出門的時候她將圍巾借給弟弟，於是在白色高領毛衣裡面穿件短T，再穿一件灰色刷毛短版外套，翻找衣櫃的時候，沒有發現刷毛褲子。

她真的佩服過去的自己，如此耐冷。

簡凌雲戴在脖子的黑色圍巾解下，纏繞兩圈在陶晴的脖子，調整位置，絲毫不放過裸露在外的頸部有半點吹到冷風的機會。

陶晴害羞地垂下眼簾，簡凌雲彎腰靠近，使彼此的距離急速縮短。她偷偷瞅著那雙專注的眼睛，不經意露出俗稱的姨母笑——看見偶像發花癡的笑啦！

有句話說，認真的男生最帥了，簡凌雲名副其實。

「你不會冷嗎？」套在脖子上的圍巾非常溫暖，本身就戴著他殘留的餘溫，還有他身上乾淨的味道。

「我倒覺得很熱。」簡凌雲深呼吸，輕輕撥開外套兩側，做出散熱的煩躁舉動。

「熱？太誇張了吧。」陶晴驚詫，今天他穿著黑色長版毛呢大衣，裡面是一件看起來薄的黑色毛衣，俐落的米色直筒褲襯托出他本就修長的腿型，微微裸露在外的腳踝有長襪保暖，就連鞋子也是深黑色。

「我想是有妳在我身邊吧……」簡凌雲用著只有自己聽見的聲音喃喃自語。

「很久沒有這麼冷了。」陶晴很想也把鼻子以下的部分縮進圍巾裡。

簡凌雲看著她搞笑的動作，勾起唇角，「會嗎？冬天都是這樣，從上周起開始冷到現在，氣象說會冷到元旦。」

「天哪！我受不了！」陶晴冷到在流鼻涕，吹來的寒風刺著耳朵。

簡凌雲目光一頓，重新解下圍巾，將她的長髮往前撥，再繞上圍巾，掩得密實。

「有比較暖嗎？」簡凌雲用頭髮遮住陶晴發紅的耳朵，手邊沒有耳罩，一路走來，附近也沒有賣耳罩的商店。

陶晴點點頭，「有，不過癢癢的。」用頭髮擋住風勢是一招，雖然對實質性保暖沒太大作用。

「哦，心癢呀。」他打趣的說。

「……我看你是皮在癢。」的確心癢，可是她不會誠實說的。

「呵呵。」簡凌雲低頭看了看了她因冷而插在口袋裡的手，「我們去買喝的？」

「好。」

他們走出成都路十巷，離開西門紅樓，來到大馬路上，一陣寒風迎面而來。陶晴的眼睛被冷風吹得瞇起，接著她感覺到撲面而來的風勢減弱。

睜開眼，就看見如高山般杵在自己前方的身軀，為她遮風擋寒。

她想起未來的那個擁抱，溫暖而踏實，這一瞬間，很想要張開雙手，從背後環抱住他，他的聲音從頭頂傳來：

「綠燈囉。」

陶晴理智線回歸，和他並排過馬路，一輛機車預備轉彎，斑馬線上人潮尚在，機車頻頻催油門，幾輛機車趁機鑽縫隙。

陶晴剛抬起右腳往前踏一步，手心突然被一股力量牽制住，被鑽縫隙的機車騎士嚇了一跳。未禮讓行人到未來還是沒變，後來雖然有加強取締，不過仍有一些汽機車愛鑽漏洞，當然了，有些行人邊走邊滑手機也是不可取的。

簡凌雲握住她的手，順利抵達街道另一端，隨之他便鬆開手。

陶晴悄悄用另一隻手握住被他握過的，殘留的溫度熱熱的，非常舒服，儘管是為了過馬路而近距離碰觸，她仍為此心動。

走到飲料店的路上，陶晴竭盡全力控制好臉部表情，鎮定、鎮定，就好像聽到他說「我太太」，她瞬間心慌意亂、小鹿亂撞。

兩人來到飲料店前，簡凌雲看著飲品看板問道：「想喝什麼？」

陶晴不假思索啟唇：「巧……」聲音剛出口，便瞬間改口，「烏龍茶，半糖，熱的。」

「喝巧克力，想喝就喝。」簡凌雲強勢拋下一句話，便去櫃檯點餐。

「欸……」陶晴滿臉錯愕，剛才那字巧是講得清晰大聲了點，不至於被認為想喝巧克力。

她心裡是想喝巧克力，突然想起未來簡凌雲曾聊起一件事情。這件事情聽得她非常震驚——

那一天是十二年後第一次見面，他們用完晚餐後，步行找飲料店，當時店家有做同品項飲料買一送一，她徵詢過他的意見，是否買一送一比較划算，他沒有意見，要她點她自己喜歡的即可，所以她點了一杯巧克力拿鐵。

接過五百ＣＣ飲料杯的簡凌雲表情有些微僵，淡淡的說了一句：「其實我不敢喝巧克力。」

「真的假的？」陶晴瞠目結舌，雖然飲料被他接過去了，但懸在半空中的手僵著不動。

「我沒有騙過妳。」

「可是你之前買巧克力給我，你還喝一口欸！」

陶晴記得很清楚，喝巧克力的那天是他們看完電影，邊走邊聊天買的。

簡凌雲露出苦惱的神色，「我不記得這件事情。」見她錯愕的模樣，他慢條斯理地說：「不過，如果我當時有喝，妳知道是為什麼嗎？」

「熱的，可以暖手。」

簡凌雲的聲音在耳邊響起，陶晴抽離回憶，怔怔的看著他，似乎對現在的時空感到錯亂。

「為什麼？」她傻傻地問了一句。

簡凌雲一手握著巧克力拿鐵，滿臉狐疑，「什麼為什麼？」

陶晴猛地回神，仔細看著眼前人，是一張充滿青春氣息、稚嫩的容貌，總算將神智脫離未來的時空。

「沒、沒事。」

「晴凍傻了。」簡凌雲揶揄笑道，並將熱飲放入她手裡，「拿好。」

「凍到腦袋不靈光了，哈哈。」陶晴自虧自己，打開杯口，啜了幾口，露出滿意的表情。

「看來不錯喔！」簡凌雲自然而然順手拿過來，仰起頭，杯口沒有接觸嘴唇，深色液體滑入嘴裡。

「……你沒有買你的呀？很燙喔，小心。」陶晴怕他用這種方式倒入嘴裡會燙傷。

箭凌雲眉頭皺了一下，面無表情地說：「我現在沒想喝一整杯，單純嘴饞。」

「味道如何？」明明就皺眉了，還硬要喝。

「妳的味道。」

「咳咳！」正喝下一口巧克力的陶晴突然被箭凌雲的語出驚人嚇到嗆到，他可以不要語不驚人死不休嘛！

「我現在很想把巧克力灌入你嘴裡！」

箭凌雲激烈地搖頭，一雙手揮動拒絕，「別！」

「你討厭巧克力。」陶晴噗哧笑了，雙手捧著紙杯。

「……妳為什麼知道？」箭凌雲露出陶晴不意外的驚訝表情。

陶晴露出神祕的微笑，開玩笑的說：「我會通靈啊。」

「觀落陰看見的？」箭凌雲竟跟著她胡鬧。

陶晴被他的話逗得滿臉是笑，「討厭的話，幹嘛還要配合我喝？我剛才就說要熱烏龍。」

「哦，這個呀。」箭凌雲低低笑著，醇厚的嗓音飄散在熱鬧的街區，曖昧的氛圍驟然包圍兩人——

「那可能是愛情的力量吧，因為我想品嚐看看妳喜歡的味道是什麼。」

陶晴渾身一震，心口不自覺發燙，比起未來時空聽見這句話，現在親耳聽見，心臟簡直要爆炸，威力十足，足足讓她的臉跟番茄一樣紅。

「晴，我可以抱妳嗎？」當他誠懇說出這句話時，眼神和未來的他完全不一樣，他的目光很灼熱，就像一團火球拋進她心裡。

她知道兩人的氣氛正在轉變，突然且措手不及的轉變，曖昧的氛圍團團包圍住。

「這是哪一種的擁抱？」

如同未來的時空，她問清楚這個擁抱代表的意義，她有瞧見他眼裡火熱的心意，但她再也不想為他忽冷忽熱的態度搞得遍體鱗傷。

她要的是直球對決，不接受模糊不清的關係，男女之間互相喜歡的擁抱，朋友之間的擁抱，只能二選一。

「是喜歡妳的擁抱。」

說著，他伸出手掌心，陶晴盯著他的眼睛，兩人的目光膠著住了，沒有人先迴避。

陶晴心頭發顫，將飲料暫時擱在一旁的圓柱上，伸手握住他的，下一瞬，一股力道將自己往他懷抱拽去。

他手心的溫度十分暖和，懷抱的溫度如同三十八度的體溫，環住自己的雙臂先是小心翼翼，輕柔擁住，再緩緩加深力道，密實毫無間隙的圈住。

「雖然今天聖誕節，不是情人節，不然情人節告白會更好。」他將嘴唇貼近她耳邊低聲說道。

耳畔拂來的氣息和身體的熱氣從各處一路暖到她心裡。陶晴抬起雙手，手心放在他的背上，臉枕在他的胸口。

「把今天當作情人節？」

「交往紀念日。」簡凌雲更正。

「其實我不在乎今天是不是情人節。」陶晴窩在他懷抱笑得很幸福，不是情人節照樣可以交男朋友啊。

「我只在乎今天有沒有妳的日子。」

簡凌雲認真的說，雖然這話聽起來沾了蜜糖，甜言蜜語，可是陶晴知道這不是他隨隨便便撩人。

「欸。」陶晴突然想起一件事情。

簡凌雲糾正，「還欸。該叫名字了！或者叫老公也可以。」他自己說著，兀自笑了出來，笑意盈盈的眼中仿若盛滿星辰的光輝。

「你角色扮演玩上癮了！」陶晴不甘示弱，跟著起舞開玩笑，「那你應該叫我老婆，不是太太，老婆比較好聽。」

「好呀，老婆。」

簡凌雲答應得很迅速，沒有拖泥帶水。陶晴覺得突然叫名字太親密了，內心非常掙扎。

「簡凌雲。」

「……真令人失望。」

喂，真的要喊老公老婆啊？陶晴睜大眼睛，仰起臉看著他笑到岔氣的臉龐，接著意識到被捉弄了。

陶晴感到極度害羞，只好聽從他的話，從善如流的喊了一聲：「凌雲。」

喊完後，臉驀地發燙，畢竟這是第一次在他面前喊他的兩個字名字，未來的簡凌雲也沒有這種待遇呢！

陷入輕飄飄、不自在的陶晴，任由他攬住她的手往捷運站方向走。

「這還差不多。妳要跟我說什麼？」簡凌雲滿意的勾起唇角，臉上盡顯愉悅。

「不管以後我們是否還在一起，我希望都能真心對待彼此，不要因為一時爭吵氣憤就鬧分手，若真的不適合，就分開。」

陶晴握住他的手，兩人步調頻率相同。

簡凌雲轉頭看向她，神情有些惶恐不安，「為什麼突然這麼說？」

陶晴意識到自己說錯話了，剛交往應該是開開心心，哪有人馬上提分手、吵架的事情，難怪他會不安。

「因為……」她思忖後，細心地解釋理由，「我們很年輕，俗稱屁孩？對愛情的認知不夠深刻，或許我的不成熟會讓你難過，或許你也會是這樣，但是我希望我們能好好溝通。」

她現在是初老的靈魂年紀，也沒有把握談好戀愛。當初向茶館許的願望美夢成真嗎？她不知道，只知道目前是成功與他談戀愛交往。

十二年間，她的第一任男友從精神劈腿到身體力行劈腿，第二任男友則急著交往第一天官宣，向所有朋友炫耀，他交到一位氣質女友。

但是陶晴的性格不是喜歡四處炫耀的人，尤其兩人又是同公司同事，官宣後就被其他同事投以大量關注，最後兩人性格不和而分手，他喜歡張揚，但她喜歡低調，可是他一點都不懂，也沒有想要試著磨合。

而且未來的簡凌雲承認自己高中時愛玩，不適合談一場穩定的戀愛，但這不是她猶豫跟他在一起的條件，若會介意，她不會回到過去。

簡凌雲深深凝視她，語調溫和，「雖然我不知道妳為什麼對愛情不信任，但是妳說的我會做到，互相試著信任對方？」

陶晴非常驚訝，自己的表情這麼明顯嗎？把不安和沒信心表露無疑？

「我明白了，謝謝。」她真心謝謝他的貼心。

「客氣什麼。」簡凌雲拉著她的手走進車廂，兩人站在車廂接縫處的牆壁，因為是假日，即使時間較晚，人潮依然很多。

陶晴背靠車廂壁面，簡凌雲找不到把手抓，只好單手壓著車廂牆面，將她嬌小的身子圈在自己臂彎裡。

簡凌雲忽然低頭，啞聲在耳邊低語：「老婆，要不要我想辦法找個位置讓妳坐？」

陶晴沒好氣地瞪了他一眼，「我今天很正常，謝謝齁！」

乘車時間，陶晴垂眸看著雙腳，一進捷運站，身軀和手暖和許多。尤其現在與他近距離的依偎，淡定的表情都快守不住了，心跳就別提了，根本防衛線失守。

好不容易列車停靠在台北車站，陶晴正準備向他道再見，就看見他跟上來，順其自然握住她的手。

「今天陪妳散步回家。」

「不用啦。」嘴上拒絕，陶晴抵不過簡凌雲的熱情，兩人從台北車站五號出站，爬上天橋，一路散步回家。

到達住家樓下，如夢似幻的一天即將結束，明天是他們全新的日子，更是一條新的時間線。她對自己發誓，這一次定要好好守護住這段感情。

簡凌雲緩慢鬆開手，甚至有些許帶著不情不願的心思。儘管他沒有表達出來，她看得出來，雙方都不想分開。

「啊！圍巾還給你，回家路上要注意安全。」陶晴將圍巾解下，還沒踮起腳尖，簡凌雲自動自發蹲低身子，一臉舒適的讓她服務。

「到家傳簡訊給我？打電話也可以啦！」陶晴迎上他熾熱的目光，心漏掉一拍。

「那我可以……」他欲言又止的，真讓陶晴按捺不住。

「快點說！」

「可以親一個嗎？」棕色眸子澄澈潔淨，沒有半點雜質。

「你真的是……」陶晴嘴角失守，想笑又不敢笑出來，「我們是情侶還問啊？」

「晴在我心裡很重要，我想要認真呵護對待，我不喜歡做妳不喜歡的事情。」他的表情無比苦惱。

這讓陶晴想起未來的簡凌雲，如同和尚一樣，每天過著朝九晚五的生活，假日除了跟朋友聚會，不然就是宅在家裡，用餐習慣低鹽；少糖，不喝手搖飲料，尤其對她的行為舉止沒有踰矩。

「我沒有不喜歡啊！」就怕他以為她在男女親吻這件事情有牴觸、不信任，陶晴急急忙忙解釋，不過話剛出口，她驚覺自己上當。

「我收到了。」

瞧瞧他的嘴角噙起的微笑透出一絲得逞的味道，根本是隻道行高深的狐狸吧！

看見他走上前，緩緩靠近，肩膀被他輕輕扣住，陶晴緊張的閉上眼睛，畢竟在未來，他們沒有達到能接吻的關係。

他的嘴唇輕如羽毛掃過她的額頭，唇瓣如同肌膚一樣柔軟，將熱燙的氣息傳達到她的心口，雖然吻得力道輕，沒有激情的感覺，但內心有股波濤洶湧熱浪湧上。

就這樣？陶晴睜著愕然的眼睛看著他，不是說好要親……啊，他又沒說要親嘴！

吼，又被他擺了一道！

「掰掰！」簡凌雲揉了揉她的頭髮，用著充滿寵溺的口吻道：「我們慢慢來，有的是機會和時間，妳儘管做好準備就好了。」說完，他轉身離開，剛好綠燈，他邁開長腿跨出去。

陶晴蹙起眉毛，臉頰漲紅，追在他後面嬌吼：「簡凌雲！」做什麼準備啦，怎麼這話聽起來像是要她把身體洗乾淨，準備迎接他……

緊接著，她看見他突然折回，扣住她的胳膊，往懷裡一帶，舉止行雲流水，又一個蜻蜓點水的吻落在她的左臉，在她耳邊低喚她的名字。

「晚安，晴。」

溫溫軟軟的呼吸彷彿羽毛搔過心頭，陶晴滿臉酡紅望著他轉過身，笑著離開的身影。

清澈的眼神、溫暖的微笑，誠懇的話語，都讓人感到完美、讓人無法移開，縈繞在心頭十幾年，無法離去。

突然間，一陣刺耳的煞車聲劃破黑夜的寧靜，陶晴和簡凌雲反射性回頭，循著巨響的方向看去。

一輛黑色的跑車疾駛在馬路上，經過交叉口時，卻遭一輛闖紅燈的貨車攔腰撞上，黑色跑車失控般的騰空地飛起，貨車則朝著陶晴所在位置迎面撞來。

明知道很危險，陶晴瞬間動彈不得，腦袋一片空白。怎麼也不會想到，竟與死亡如此之近。

下一秒，一個高大的身影撲上來，她的後腦勺撞擊地面，身體在地面翻滾多圈，直到撞到柱子才停下來，接著聽見令人發悚的巨大撞擊聲，四周突然聲音靜止，靜得一片死寂。

陶晴忍著四肢的劇痛，從地上爬起來，空白的腦袋不斷的迴盪前一秒的最後一幕——推開自己免於災禍的人，那雙佈滿驚惶的棕色眸子。

顫抖的視線掃過狼藉駭人的車禍現場，貨車底下一灘濃稠的紅色液體，還有一具被壓住半身的熟悉身軀。

「簡、簡凌雲……」陶晴踉踉蹌蹌朝那具一動也不動、滿身是血的身軀走過去。

「醒醒！」

眼前的一幕宛如地獄惡夢，她木然的站著，五臟六腑上下翻騰著，猛烈的衝擊她的心靈，各種情緒悲傷、痛楚、崩潰，在心裡交織死結。

「不！簡凌雲！」

她再也無法克制自己的情感，兩行眼淚如洪水潰堤從眼眶洶湧流下，身體的劇痛讓她頭疼欲裂，整個視野旋轉，黑暗鋪天蓋地而下。

陶晴宛如斷了線的風箏暈倒在失事現場。

〔章九〕

不能說的祕密

「力量正位。你們將克服所有障礙，獲得戀情。」

「聖杯二正位。你們可能會經歷分離，包含死亡，也有可能分手，或者有機會擁有一份和諧美好的感情。」

「命運之輪正位，妳將有意外的收穫，會與他有命運般的邂逅哦！俗稱，機會降臨，命運的轉變。」

茶館荷小姐的話猶言在耳，簡凌雲躺在貨車下，身軀如殘破的娃娃，沒有半點生命氣息的樣子歷歷在目。

結局不該是這樣。

那天的夜幕是閃爍著幽藍的星光，鄰近深夜的十一點整，街道車流量漸少。溫柔的少年露出暖風般的微笑，下一秒，貨車失控翻轉而來，那張能顯露溫厚微笑的臉龐被鮮血覆蓋，剩下沒有生息的冰冷面容。

陶晴淚流滿面，近乎痛得無法呼吸，那瞬間，世界彷彿分崩離析，最後留下來只有她孤單一人。

分離、死亡、分手——這些都應驗了！

陶晴在黑暗中嚎啕大哭，在這裡，找不到關於簡凌雲的身影，慘不忍睹的車禍現場反覆躍上腦海，然後她看見那抹孤寂的身影就站在前方，靜靜且溫柔的凝視。

「簡凌雲，不要走！」

陶晴火力全開朝他奔去，哭得上氣不接下氣，明明只有三公尺的距離，那雙凝視自己的溫柔眼睛卻留下紅色眼淚，身影變魔術般漸行漸遠。

「我不要、我不要！」她歇斯底里的哭吼，伸出手抓也抓不住他。他就像那縷握不住的風，從她生命裡永遠離開。

「我要回到原來時空，我只要你平安快樂，我不在乎你跟誰結婚！」陶晴不斷地嘶吼，跪在地上聲淚俱下。

黑暗寂靜的世界中，傳來滴滴答答的聲音，以及細碎的談話聲。一個力量突然襲上肩頭，

「晴、晴！」

「醒一醒！」

她茫然的看著這片黑暗，龜裂的聲響驟響，一束微弱的白光從裂縫中鑽出，眨眼間吞噬黑暗。

「不能是這個結局！」陶晴大叫後，猛地睜開雙眼，雙眼因長時間沒有接觸日光燈，反射性的閉上眼睛。

「晴，妳還好嗎？」程莉莉關懷的聲音在耳邊詢問。

等眼睛可以適應光線，陶晴睜開眼睛，愣愣盯著蒼白的天花板，空氣中飄浮著消毒水的味道，還有濃濃的藥味，視線轉了一圈，發現自己躺在一張病床上，手上吊著點滴。

陶晴嘗試移動身軀，竟沒有預料中的四肢疼痛，她記得被簡凌雲推開後，在地上翻滾多

圈，背脊撞到柱子。

嗯？止痛藥藥效有這麼厲害嗎？陶晴也沒有感覺到身體沒有知覺，不像是打麻醉。

「妳真的嚇到我了，為什麼不說話？要不要我去叫急診室醫師來？」

程莉莉今天穿著便服，那張臉依然是高中時期的模樣，青春萌傻，燙著舊時流行的捲髮。

「我躺多久了？」陶晴瞅著快被打完的點滴。

「一個晚上，昨天晚上被送到醫院，妳爸和妳弟都回去休息了。」程莉莉偶爾會去陶晴的家，有幾次搭過陶晴爸的計程車，所以清晨聽到消息後，立刻趕過來。

陶晴拆掉點滴，從床上起身，尋找自己的鞋子。

「我要去一個地方！」

「啊？現在？可是醫師說妳還要觀察耶！」

「我沒事，我的身體我自己清楚。」陶晴穿上鞋子，發現自己的鞋子換過了，她記得昨夜穿的是白色的NIKE球鞋，現在是CONVERSE經典黑色帆布鞋。

她跳下床，身體的靈活度令人詫異，絲毫沒有感到不舒服。而且身上穿的是平安夜那天的衣服，褐色毛衣、黑色窄管褲，搭配CONVERSE經典黑色帆布鞋，和一件黑色刷毛帽T外套。是老爸和弟弟帶衣服來換嗎？陶晴有些頭昏腦脹，大步流星掀開簾子，來到急診室大廳。

「欸欸欸，等等！晴，妳是病人，要去哪啦！等等我。」程莉莉連忙收拾包包，將水壺丟入背包，匆忙追上。

付清急診醫藥費，取藥後，陶晴在醫院外面攔下一台計程車，程莉莉追在後面，一併擠入車裡。

「妳要去哪？」程莉莉問道。

「……白金花園酒店。」陶晴突然想不起來茶館的地址，向司機報了一個名稱。

「小姐，我怎麼沒有聽過？」

「在新店安興路七十七號。」那家飯店是簡凌雲舉辦婚宴的地方，附近有陽光運動公園，她記得茶館的位置在附近。

「欸？那邊沒有飯店！」司機將車停靠在路邊，透過後照鏡看著面容憔悴的女孩。

聽見司機如是說道，陶晴壓住隱隱作痛的額角，心裡又急又焦躁，白金花園酒店二〇一〇年還沒開幕。

「抱歉，去安興路六十七號。」

「好……」司機滿頭霧水，不記得六十七號有特別的建築物。

程莉莉抱著背包，忐忑不安地問著，「晴，妳到底想做什麼？」

「我要休息一下，到了再說。」說完，陶晴閉上眼睛養神。

明知道十二年前茶館可能不存在，陶晴依然想碰碰運氣，只要有一丁點機會都要試試看。

她想要馬上找到荷小姐，想辦法回到出事前，絕對不會讓簡凌雲陪自己回家！

「我不要現在的眼淚，而是最後三張牌，其中一張的結局，妳十二年後的眼淚。」

「十二年後我們還會見面？」

「唔，妳信既定的宿命嗎？」

當時陶晴要給荷小姐的眼淚，對方要的是十二年後的眼淚，她無法想像沒有他的日子，不想要在沒有簡凌雲的時間孤單等到十二年後！

想至此，眼淚再度從緊閉的眼眶啪嗒啪嗒流下。陶晴深吸口氣，強忍吞下難以控制的哭泣聲。

坐在身邊的程莉莉嚇到不知所措，陶晴醒來後性情變得古怪，悶不吭聲，說走就走，整個人愁容滿面，動不動就哭。

抽出一張面紙，程莉莉想了一下，替她擦拭頰上的淚水。

陶晴的手心突地握住，抽走面紙，兀自擦拭雙眼。

二十分鐘後，計程車抵達陽光運動公園，陶晴看著翻著背包，從皮夾拿出一張五百元鈔票給司機找零。

皮夾內層夾了幾張發票，陶晴沒有細看，接過司機的找零，倉促丟入零錢袋口，和程莉莉一前一後下車。

程莉莉表情惴惴不安，第一次來到陌生的環境，附近荒煙漫草，連棟大樓都沒有，上方有一座高架橋。

這個地址的活動中心二〇一四年十一月才會啟用，陶晴自己也很不安，但是簡凌雲的生命比起不安更重要。

幸好這時間是早上，車流人潮居多。陶晴朝著安和路的方向邁進，她有印象附近是一條溪，步行一段時間，她看見一條岔路，果斷地拐了進去。

岔路四面八方，只有對面那塊空地有住宅，陶晴在此處徘徊思考，沒有記錯的話，茶館的位置就是在這裡。

如今空蕩蕩的地方，連個鐵皮屋的影子沒有見著，陶晴沮喪地坐在地上，臉上強忍的鎮定瞬間崩塌，旁若無人地哭了起來。

「如果是我的逆轉時空影響你的命運，那我寧願從來沒來過這裡！」

陶晴悲傷的喊著，就像無助的孩子，看得程莉莉十分心疼。

程莉莉被她聲勢浩大的哭聲震撼，左右張望後，隨之蹲在她身邊，一邊撓撓頭，一邊不知道該從哪個地方介入安慰。

失控的陶晴不在理會這裡是過去的時間線，抓著旁邊人的袖子，沙啞地吼道：「莉莉，我想得太天真了。我不小心走錯一步，影響別人的命運，他不該死的，他還有大好人生，他還會結婚生子，在他的事業上，他可以升上主管，有大好的前途！」

「我只想著要回到過去和他談戀愛，荷小姐的話我不是沒有放在心上，我記著，但是是我的錯，是我疏忽了！」

程莉莉越聽越震驚。一面聽著，一面用力打自己的臉，這不是在作夢，陶晴從未來回到過去？怎麼可能，或許到老死，二〇五〇年之類的，都不會有時光機吧！

「如果他會死，我就算孤單一身，我也會把這份初戀永遠藏在心裡，絕對不會著魔許願回到過去。」

陶晴哭到嗓子都啞了，眼睛腫得像核桃。程莉莉抽起面紙塞進她手裡，現在陶晴的反應十分真實，是切切實實遭受極大的痛徹心扉。

十八歲就這麼愛金風嗎？從簡凌雲高一入學，陶晴高二便悄悄的注意他，可是她的狀況不像是單戀四年，比較像愛了十幾年，從她嘴裡吐出來的話，幾乎可以認定，他們之間有十幾年的回憶，是非常珍貴的羈絆。

程莉莉看過不少悲傷的愛情故事，卻沒有親身感受到愛一個人那種生死永隔的悲愴情緒，如今因陶晴的情緒震懾住了。

「怎麼辦？我不想生死兩隔。」陶晴低垂著頭，聲音飄渺無力，彷彿隨時會倒下。

程莉莉蹲得腳痠，索性盤腿坐下，思緒飛快轉動。她聽得出來，陶晴自言自語，不知道該怎麼辦，或許沒有意識到有人在她旁邊陪伴。

怎麼辦？她不知道啊，而且這種話，儘量不要被別人聽見，否則會被誤會為瘋子。

見陶晴像死人躺在地上，眼神空洞的望著晴朗的天空，程莉莉抓緊空檔，吶吶詢問：

「晴，什麼回到過去？我聽不懂，是妳剛剛在醫院的夢嗎？我看見妳在哭，一直喊簡凌雲。」

陶晴依然望著天空，眼睛沒有焦距，氣若游絲地說：「是我害死他，聖誕節那天，我讓他陪我走回家，然後出車禍，他為了救我而死。」

從陶晴回答的話可以聽得出來，正在恢復正常中。程莉莉對於這個現象感到滿意，人清醒就好，否則真不知道該怎麼辦。

「等等。聖誕節？我記錯了嗎？」後知後覺的程莉莉瞪大眼睛，連忙拿出手機，看了一下時間，然後滿臉問號看著陶晴，「今天是聖誕節啦，可是才早上耶，妳跟金風不是晚上才要見面嗎？」

「今天是二十六號啊。」陶晴被送進醫院，雖然在地上滾了幾圈，不代表腦子被撞壞了。

「妳自己看嘛！我的手機很正常，沒有壞掉！」程莉莉說不過，直接將手機螢幕推到陶晴面前。

陶晴定神一看，真的是二十五號的日子，接著再拿出自己的手機，確實是二十五號，昨晚應該沒有撞傷手機。

腦袋忽然想起什麼，拿出皮夾翻找，從夾層中取出一疊紙本發票，細細檢查每張發票的開立時間，聖誕節那天除了電影票，吃飯發票她收在皮夾裡，竟然沒有二十五號的發票。

為什麼時間回溯？這到底怎麼回事？她的願望是回到過去，從四上這學期開始，理論上願望已用罄，莫非荷小姐身邊那位少年施法有錯誤？

簡凌雲因她而死，是聖杯二正位的走向，不該是其他牌的結局。

陶晴思緒雜亂如麻，頭疼欲裂。

「晴，妳剛才說回到過去是什麼意思？」程莉莉托著下巴，好奇看著她變幻莫測的各種神情。

陶晴內心打個唐突，懊惱的摀住臉，剛才太難過，忍不住洩漏不該說的祕密。

旋即轉念，陶晴直接搬出夢境這招，「我剛說了，金風為了救我而死，而我是回到過去的人，可能夢境太過真實，加上昏倒，無法分辨現實和夢境。」

「啊……原來如此，嚇死我了，我以為妳真的是未來人，只是夢啦，沒事沒事，不然妳打給金風看看呀？」

聽見程莉莉的提議，陶晴認為這招可行，當她拿出手機，翻開電話簿卻猶豫了，內心十分掙扎，她怕打過去沒有人接聽，會聽見噩耗。

如果只有她自己的時間回溯，身亡的簡凌雲也會回溯嗎？

「晴，妳夢見的未來是什麼時候？」程莉莉似乎對回到過去感到興趣。

陶晴見她兩眼發光，一臉期待的模樣，只好稍微含糊其辭的說：「很多高樓大廈、高漲的房價很可怕，我們拿的是更厲害的智慧型手機，不再透過要付費的簡訊溝通……」

「還有咧？」

「忘記了，夢境醒來都會漸漸淡忘。」對於未來事情，陶晴不願說太多，既然是夢，夢境醒了就結束了。

「那金風的死就讓妳歷歷在目啊？」

「因為他死在我面前，很真實，我甚至可以聞到濃濃的血腥味，比起夢境裡面其他畫面，太深刻了！」那根本不是夢，是現實發生過的事情，但不曉得什麼原因，時間回溯。

程莉莉點點頭，從地上爬起身，「好吧，妳不是要打電話嗎？我去一邊等妳。」

見程莉莉走到路口附近，陶晴按下電話簿的那個名字，放在耳邊靜靜等待另一頭的接聽。

電話響了許久，陶晴內心極度不安，忍不住朝壞的方向想去，幸好在轉接到語音信箱前，電話通了。

「喂。」

聽見溫潤的嗓音從聽筒一端傳來，她的心跳驟然加速，一股感激上蒼的情緒湧上心頭，熱淚盈眶。

「凌雲。」她不禁喊著他的名字。

電話一端沉默一會兒，才傳來他濃濃的鼻音：「……晴，好久沒有聽見妳這麼喊了。」

好久？陶晴愣了愣，如果簡凌雲記得聖誕節晚上的事情，這不久呀，而且他的聲音聽起來有些古怪，就跟自己一樣，帶著一種刻意壓抑後的激動，粗重的呼吸則代表緊張，甚至那聲好久有低調含蓄的思念。

「你還好嗎？」陶晴仍然摸不清他是否記得聖誕節晚上發生的事情，貿然開口怕會引起不必要的麻煩，只好旁敲側擊詢問。

「我很好，妳也沒事嗎？」他的音量聽起來有精神，不過問話的方式令人匪夷所思。

「你知道我昨晚住院？」陶晴的視線不禁瞄向程莉莉，是她說的嗎？程莉莉沒有簡凌雲的電話呀。

「……嗯。」他慢半拍的反應讓陶晴備感困惑，隨即聽見他關懷備至的詢問：「現在身體狀況還好嗎？有沒有哪裡不舒服？如果有不舒服要趕快跟醫生說。」

「我沒事啦，已經出院了。」

簡凌雲看起來不知道她住院一事，既然不知道，為什麼要問「也沒事嗎？」怎麼說得好像兩人都有事。

「假日好好休息，真的有不舒服，一定要去看醫生！」簡凌雲的語氣堅決，聽起來恨不得立刻將她綁到醫院。

「我知道。」簡凌雲的關懷讓陶晴心頭很暖。「那我們晚上的約？」

她陷入掙扎和焦慮心境。雖然現在很想見他一面，想看見他溫柔的微笑、很想撲進厚實的懷抱、枕在挺直的肩膀，握住溫熱的手掌，但是不願意再發生車禍事件。

如果真的要見面，她想要直接去他家找他。

「取消吧。」簡凌雲的嗓音忽然轉冷。

陶晴僵住，不光是他拒絕的話，還有毫無頭緒的轉冷態度，回到過去後，從來沒有遇過他用這種口氣說話。

「為什麼？」

他的語氣緩和幾分，隱約透出一絲疏離，「妳都住院了，今天好好休息。」

陶晴不願意放棄，直言道：「還是我去找你？」

「不要。」簡凌雲不假思索，立刻回絕，然後他頓了一下，說：「妳在外面嗎？」

剛才有一輛改裝機車從路口急速飆車，她猜簡凌雲是聽見這個聲音了。

「對。」

「回家路上？」

「沒有。」

「妳一個病人不要到處亂跑，萬一發生事情該怎麼辦！」他的口氣突然轉怒，憤怒急切的嗓音裡面可以感受到強烈的緊張與不安。

陶晴握著手機，愕然地看著手機螢幕，這真的是簡凌雲嗎？炮火力十足，她從來沒被他這般吼過呢。

陶晴柔聲安撫道：「凌雲，我真的沒事。」旋即聽見另一端傳來他粗重的呼吸，大約安靜個五秒鐘，他的聲音已控制好情緒。

「妳在哪？我去接妳。」

「新店，安興路六十七號，不過莉莉跟我在一起。」聽見簡凌雲要來接自己，陶晴開心又期待，不過她不是見色忘友的人，程莉莉現在就在路口等待。

「好，趕快回家，到家發封訊息給我。」

「凌雲……」

陶晴從沒想過，自己有多愛喊他的名字，只要聽見他的回應，她感到非常窩心，之前還害羞拗口不願意喊，事故發生後，她卻覺得能喊的時候就要喊，大方不扭捏表現出對他的喜歡。

「嗯？怎麼了？」簡凌雲的聲音就像寵女友那般，陶晴聽見他溫柔的嗓音，想起聖誕節晚上，他的嗓音就像現在這樣，溫柔憨厚。

「那我們周一見。」

既然他不願見面，陶晴不想要勉強，或許現在真的要好好躺在床上休息，希望現在的時刻不是夢，簡凌雲依然平安的活著。

「……好，周一見。」

掛上電話，陶晴雙手包覆住手機，誠心祈禱明日醒來後，簡凌雲仍然平安活著。

※※※

隔天是聖誕節後的星期一，前往學校路上的陶晴一路思緒恍惚。起床後第一件事情，她先看時間，確定是十二月二十六日，當下馬上打給簡凌雲，只聽見他含糊不清的惺忪聲音喊著自己的名字，聽起來慵懶且性感。

「晴……」

陶晴不禁口乾舌燥，結結巴巴地說：「早、早安，凌雲。」

「早……」電話那端語畢後寂靜幾秒，接著說出讓陶晴想鑽地洞的話，「現在是清晨六點。」

「啊，對不起、對不起！」

這個晚上她睡眠品質不好，老是夢見簡凌雲躺在血泊的畫面，好不容易睡著，醒來第一件事情是看日期，看完日期，沒有注意時間，以為自己睡了很久，急著打給簡凌雲。

「沒關係，我先睡哦。」

「好。」

看樣子時間真的回溯了。

經過一天，陶晴仍然想不通為什麼出現這種狀況？該不會真要等到十二年後，她付出一滴眼淚，才能再與茶館的荷小姐見面。

「晴，為什麼一臉神情恍惚？約會再約就好，金風是擔心妳。」李茹雯從背後拍她的肩膀。

「早喔。」陶晴勉強牽出一抹難看的微笑。

「振作一點，等會兒我跟莉莉幫妳製造機會，讓妳跟金風單獨相處。」

「嗯。我先進學校喔，今天沒什麼胃口，我不想吃。」

陶晴站在超商的十字路口處，和李茹雯分道揚鑣，一路爬上坡，朝正門前進，現在是下午四點多，日夜間部上下課交替時間。

從正門進入，穿過長廊，筆直走向圖書館後方的空地。她蹲在地上，手摸著樹下的土壤，這個位置是埋入時空膠囊的地方。

埋入的時間是平安夜下午，後來她與簡凌雲各自回家，接著聽說她在家裡昏倒，被送進醫院，醒來後是聖誕節清晨。

這麼說時間回溯到聖誕節當日清晨，沒有影響到時空膠囊。

這裡的土為什麼有被翻過的痕跡？她記得當天埋入土後，看見簡凌雲費盡心思鋪平，整理得讓人看不出來有被翻過。

「同學，妳在這裡做什麼？」

身後傳來陌生的男性嗓音，陶晴驚嚇回頭，穿著警衛制服的阿伯插腰，冷冷地看著自己。

陶晴連忙起身打招呼，「警衛伯伯好，我、我找東西。」

「這樣喔，需要幫忙嗎？掉什麼？」警衛一雙眼睛拚命朝她身後和四周看，擺明懷疑陶晴的話。

「不用啦，只是個小東西，不是貴重物品，丟了就丟了。」

警衛沒想追問她的私事更多，只要別拿命開玩笑就好，「好啦，這裡偏僻，沒事少在這裡逗留。我還以為妳在哭咧，最近一堆小朋友吵架鬧不和就在這裡哭，搞到我都要定時巡邏。」

聽出警衛口吻裡滿滿的不悅，陶晴深怕掃到颱風尾，趕緊腳底抹油溜走，「好的，謝謝警衛伯伯，我先離開了。」

陶晴前腳剛離開，警衛盯著陶晴蹲地的位置，又抬頭瞧了瞧這棵老榕樹，嘴裡碎碎念道：「真是怪了，昨天也有個男生背了一個大背包，蹲在這裡發呆，這棵樹有什麼特別之處嗎？」

陶晴離開空地，迎面看見箇凌雲高挑的身子漫步走來，身邊是鳳梨頭和小胖。那兩人看見她，慣例用手推了推箇凌雲的手肘。

陶晴看了他們兩人一眼，目光飄向箇凌雲，發現他看著自己的目光充滿哀傷，只不過這抹神色只出現短短一秒，然後他眼睛撇向一邊，像是極力撇清什麼之類的，讓她內心受傷。

如果是害羞不敢跟她互視，羞澀赧然的樣子她自己會不知道嗎？

陶晴感到難堪，再加上鳳梨頭和小胖兩人也在場，正當她想要遁逃時，她看見鳳梨頭和小胖兩人匆匆離開，只留下箇凌雲一人。

正納悶著，陶晴聽見箇凌雲主動打招呼，聲調溫柔，讓陶晴的目光不禁停留在他臉上，一度產生錯覺。

「晴，早哦。」

「早。」剛剛是有外人在嗎？所以他才閃避她的目光？

兩人頗有默契，同時邁開步伐，邊走邊聊，朝商管大樓方向走過去。

「妳為什麼會在這裡？」

行走間，陶晴發現簡凌雲刻意與她保持三十公分的距離，每當她要靠過去時，他會不著痕跡向一旁偏去。

「那你為什麼會在這裡？」這個地方是她與他的祕密基地，他不可能帶鳳梨頭和小胖過來。

「我剛從圖書館離開。」他溫聲解釋，對她的態度沒有變。

可是陶晴總覺得他們之間的關係產生變化，有一條隱形的橫溝將兩人撕裂，使她思緒混亂。

陶晴抬頭睞了身邊的男孩一眼，第六感告訴自己不對勁！這個時候的簡凌雲應該要溫柔地看著自己，他跟自己講話都是雙目直視，毫無欺瞞，誠懇真摯。

內心一股衝動湧上心頭，來不及等大腦反應，她的身體直接動起來——踮起腳尖，握住他的胳膊，將嘴唇湊向他耳邊低語：「我去看我們的時空膠囊。」

柔軟的芳香猝不及防竄進簡凌雲的呼吸，熱熱的呼吸長驅直入耳膜，他的心跳忽然飆升，間接引起一絲痛楚從內心深處狠狠撕裂，下一瞬身體自動向後退一步，拉開彼此的距離。

他抽離的同時，也抽走了她手掌心的溫度。陶晴像是被點了穴道，全身緊繃的立在原地，滿臉錯愕，正值冬季，手心的熱度很快消散，冰冷的空氣從手心鑽進四肢百骸。

心，真的很痛。

「你討厭我嗎？」陶晴唇角露出苦澀的微笑。

簡凌雲瞧了瞧四周，這裡正好是活動中心，人來人往的地方。他懊惱的嘆口氣，握住她的手，邁開長腿朝人少的司令台方向走過去。

「我不討厭妳！」簡凌雲步履極快拉著陶晴，她跟得很吃力，完全處於被他拖著走、氣喘呼呼的狀態，有幾次差點跌倒。

而他自己察覺到失態，放緩腳步。

「對不起，有沒有怎樣？」

簡凌雲將她帶到司令台旁邊的樹下，緊張的檢查陶晴身上有沒有跌倒的傷勢。

陶晴揚起雙眸，直勾勾望進那雙憂心忡忡的棕色眸子，眼神不會騙人，這分明就是他心裡有她。

「不討厭的話，為什麼剛才拒絕我的靠近？」

他抽緊下顎，雙唇如蚌殼抿得死緊。

陶晴知道他從不對自己說謊，現在說不出話來，就是內心非常掙扎，寧願不說話，也不要撒謊騙她。

「凌雲。你可以告訴我，你怎麼了嗎？」

陶晴從來沒有對任何人這樣低聲下氣過，是因為以前交往的對象都不值得自己這樣做，她心裡很清楚，對他的感情從初戀昇華為愛。

在她懇求的目光下，簡凌雲抵擋不住她的深情攻勢，緩緩開口：「晴，妳是我最重要的人。」

「那為什麼——？」語未盡，卻聽見他提出令人百思不得其解的要求。

「那首歌，可以唱一次給我聽嗎？不用吉他伴奏。」

陶晴簡直匪夷所思，「我們不是說好不要再提起那首歌嗎？」而且明明是在談重要的事情，她不懂這是最急切的事情？

簡凌雲用著近乎哀求的口吻說：「晴，拜託。」

陶晴頻頻深呼吸，來回踱步，目光一瞬不瞬的凝視那張彷彿累積好幾十年的深愁臉龐。

這一刻，她覺得好像不認識現在的他。

時間回溯的過程間，僅有短短一天，究竟出了什麼紕漏？她是否遺漏掉什麼線索？

內心百般掙扎，卻不捨簡凌雲哀求的目光，陶晴最終妥協。她清清嗓子，開口清唱。

悅耳的柔嫩嗓音緩緩唱著歌曲，軟化了簡凌雲緊繃的臉部線條，情緒彷彿會渲染，動聽的嗓音透出強烈的哀傷情緒，唱到歌曲中段，他也隨之開口合聲。

這並不是極為悲傷的歌曲，兩人的合聲卻完全表達出自己內心箇中的悲傷記憶與酸澀傷口。

陶晴恬靜的臉龐一怔，眼淚撲簌簌流下。她從來沒想過，會是在這樣的情況下，與他合唱。

「別哭，我會心疼。」簡凌雲幽幽嘆息，雙手捧住她的臉龐，指腹輕柔抹著她濕漉的臉頰。

鮮明的情感從他的歌聲表露無遺，陶晴非常明白，自己不只是他心裡最重要的人，還是最愛的人。

她伸手握住摸著自己臉頰的手掌，發現他欲抽離，五指手指牢牢扣住他的，這一回，他沒有閃避。

「晴，有一個問題我一直沒有回答妳，現在我知道答案了。」

「什麼問題？」陶晴哭得壓抑，喉嚨有些腫痛。

「第一次聽見妳彈唱這首曲目時，我便深深記下了，它就像烙印在我心上的名字，無法忘記，後來被妳看見我偷唱，妳說了一句：『年紀輕輕有什麼感觸啊？』」

陶晴知道有這一回事，當時他回答：現在說不上來，後來她沒有認為這是必須且急於知道的答案，忘記這件事情。

「當時我不能回答妳，現在的我可以回答出來。」簡凌雲深深望進陶晴的眼底，「因為也有一位刻在我心底的人，成為我精神的支柱，可是她到一個我永遠觸及不到的地方。」

那句觸及不到的地方，讓陶晴想起簡凌雲意外身亡後，所承受的悲傷，幾乎讓她絕望，她厭惡這種感覺，甚至極力想撇清。

於是她深吸口氣，壓下被勾起的恐懼情緒，強顏歡笑的說：「世界上沒有到不了的地方，交通工具這麼多，總有辦法的。」

「有。」簡凌雲神色黯淡。

「我不知道那個人是誰，即便他不在你身邊，他會在他待的地方，溫柔地看著你。」她下意識認為，簡凌雲說的是他過世的父親。

「那太遙遠了，妳知道嗎？被留下來的人是最痛苦的。」

這句話說中她的心坎，陶晴再也無法自欺欺人，因為真實的遭遇過，眼前最愛的人沒有半點氣氣躺在血泊中。

「對不起，又惹妳哭了。」簡凌雲作勢鬆手，從書包尋找面紙，陶晴依然握著他的手，搖頭拒絕他的好意。

仔細看他的眼神，所有眷戀的情感全部傾注在自己身上，心跳莫名加快，一個呼之欲出答案徘徊在腦海，可是一個理性的念頭硬生生將之壓在內心最深處。

「那個人是誰？」她的聲音鏗鏘有力。

他別過臉，垂下眼簾，「過去的人。」溫柔的嗓音暗藏著幾絲不願透露的壓抑。

陶晴思緒徬徨，為什麼她會覺得他話裡的「過去的人」是在指自己？但他明明沒有聖誕節的記憶，那天意外身亡的是他，被留下來的人是她自己！

簡凌雲猝然掙開她的手，「晴，我覺得我們還是保持朋友的關係。」

「什麼意思？」陶晴呼吸顫抖，很害怕聽見答案。

「我們分手吧。」他的表情彷彿下定決心，是帶著痛定思痛的決意眼神，「不適合。」

空氣在這瞬間宛如凝結了般，恐懼從背脊竄過四肢，陶晴感覺到心很涼，涼得徹骨，胸口悶塞。

她張著發顫的雙唇，弱弱地喊了聲，「凌雲。」旋即發現一個古怪的地方，猛然當頭棒喝。

她雙手摀住嘴巴，倒抽一口氣，「你記得聖誕節那天發生的事情，為什麼要隱瞞？」

按理說，時間回溯，陶晴認為自己該遺忘車禍意外的記憶，但她的身分特別，是穿越者，不該存在在此，是她存在的因素，影響到他的時間嗎？

還是簡凌雲也是穿越者？——陶晴覺得自己腦袋快要爆炸，這不可能，因為這段期間認識的他全然就是原本過去時間線的簡凌雲，否則他定會知道刻在我心底的名字。

而且未來的簡凌雲沒有原因要回到過去！

簡凌雲握緊拳頭，重重敲擊司令台的牆面，低咒一聲，顯然是自責自己不小心說溜嘴。

陶晴被他的反應弄得驚愕，因為她從來沒有見過他搥牆、懊惱憤怒的一面，即便他與交往八年女友分手，也不曾表露太大的情緒起伏。

「因為那是個錯誤的選擇，千不該萬不該，我們絕對不能交往，既然是錯誤的，就不該再提起。」現在的他就像一頭焦躁、受傷的獅子，銳利的眼神佈滿悲傷的神色。

「我從來沒有把它當作是錯誤的選擇！」陶晴心急解釋，「唯一錯誤的就是讓你——」話未說完，簡凌雲沉聲打斷。

「晴，那是過去式了。」

看見簡凌雲的態度轉為冷淡，與其說是冷淡，不如說是死寂，他的周身充斥一股勿近的氣息。

「什麼原因讓你改變想法？我能感覺得出來，你在說分手的時候，很痛苦。」至今陶晴仍不理解，為什麼他的態度變化如此之快。

簡凌雲依然垂著腦袋，語氣沉重地說：「我覺得現在在一起，我可能沒辦法好好照顧好妳，我對我自己沒有自信。」

陶晴聽見這句話簡直要暈了，繞了一大圈，他的回答竟和十二年後沒有太大的出入。

「凌雲。」她啞著嗓子喊著他的名字，卻不知道下一句要說什麼，彼此的關係沒有預兆的急轉直下，全部亂了套。

「對不起。」

他的道歉彷彿有一瓢冷水從頭頂直澆而下，陶晴激昂的情緒頓時澆了個透徹的心涼。

陶晴盡可能以冷靜的態度說話，「我們下次再談，今天先這樣。」話未說完，像是後面有人追趕似的，倉皇逃難般轉身離開。

「晴。」

簡凌雲伸手想拉住轉身奔離的陶晴，剛伸出去的手卻被她揮開，撲了個空。

他悲傷的望著那抹嬌小的身影，咬緊牙關，掄起拳頭狠狠撞向樹幹，腦海裡充斥著她失望和絕望的神情。

眼角餘光瞥見地上的物體，簡凌雲彎腰拾起，是一支手機，從她身上落下的。

心中感到懷念，明知道看別人手機是不道德的事情，他還是悄悄打開手機，用不太熟稔的方式操作，看見手機裡面的記事本，棕色眸子一怔，憂傷的臉龐頓時化作滿滿的柔情。

視線驀地模糊，眼淚掙扎著湧出眼眶，一邊打字輸入，毫無忌憚的流下罕見的男兒淚。

※※※

自兩人在司令台旁的樹下不歡而散，似乎暗示兩人分手的命運。

夜間部活動的範圍只有操場和商管大樓，時常會偶遇簡凌雲，鳳梨頭和小胖都會在他身邊，不然看見簡凌雲在教職員室和老師正在談話。

但再怎麼相遇，將近有一天的時間，陶晴有發現簡凌雲多次欲言又止，礙於身邊的同伴在場，或是當時有要事在身，沒有辦法攔住見人就跑的陶晴。

時間回溯後，簡凌雲變得不太一樣，陶晴說不上來，整體的外貌依然青澀帥氣，不過那股青少年的瀟灑不羈氣質蕩然無存，眉宇間多了明顯的成熟與滄桑。

被分手的鬱悶和心痛仍影響陶晴的判斷，無暇思考，她倒覺得自己比較滄桑吧？三十歲熟齡被十八歲毛頭小子給甩了！

兩位好友馬上發現她的神色不對勁，陶晴沒想隱瞞，承認和簡凌雲告白被拒絕，事實上，以目前時間線來看，不存在聖誕節交往的事情。

程莉莉氣得想找簡凌雲大戰一場，明眼人都看得出來，簡凌雲對陶晴是有好感的，李茹雯屬於冷靜派，拍拍陶晴的肩膀，約好假日去逛街紓壓。

第一天放學，陶晴發現手機不見，不曉得將手機落在哪裡，然而天色已晚，她只好在沒手機的情況下，先回家好好睡一覺。

隔天她請程莉莉幫忙撥電話給自己的手機，卻沒有半點回應，趁下課時間，返回時空膠囊的祕密基地尋找未果。

聽見身後傳來鞋子摩擦落葉的聲響，陶晴連忙轉身道歉：「警衛伯伯，對不起，我不是故意跑來這裡，我是來找手機的！」

當此話語畢，沒聽見警衛的碎唸聲，陶晴滿頭霧水抬起頭，一見站在牆邊的挺拔身影，頓時怔愣。

「是我。」溫柔的棕眸深沉的注視著她。

「我先走了。」陶晴瞬間變成一隻縮頭烏龜，畏畏縮縮垂下眼簾，跨步離開，胳膊猛地傳來一股強勁的力道拽住，他溫溫的嗓音自頭頂響起。

「晴，妳在找手機嗎？」

在她大步流星越過自己的剎那，憂傷的情緒從簡凌雲眼裡升騰浮現，衝動握住了她的胳膊。

「是，你為什麼知道？」甫出口，陶晴想起有可能當時甩開他的手，沒注意手機落地，「手機落在你那了？」

「嗯。剛才程莉莉有打來，但我沒接到。昨天本來想當面還給妳，但是……」

簡凌雲停頓一下，稍微包裝後續的話，「我知道我們昨天都需要靜一靜。」沒有直言是陶晴避而不見，讓他苦無機會當面歸還。

「下次保管好，不要丟三落四。」簡凌雲將手機遞給陶晴，不忘溫柔叮嚀。

接過手機，陶晴低聲說了聲：「謝謝。」

冬天的風像冰冷的刀鋒往髮絲的縫隙、領口切進去，匆忙離開教室的陶晴忘記戴上圍巾，冷到像長時間浸泡在水裡，忍不住打個哆嗦。

「衣服要多穿點，不是怕冷嗎？」簡凌雲不假思索，手指剛按在脖子上的圍巾卻立刻一動也不動，他輕微地嘆息一聲，解下圍巾，沒有半點馬虎，細心戴在她的脖子上。

陶晴僵愣，愈發不明白他的行為究竟是什麼意思？行為舉止全是擔憂她而做，說出口的話卻是各種拒絕與疏離。

「那我先走了。」像是把她視為洪水猛獸，簡凌雲替她喬好圍巾，拋下一句話，轉身離開。

陶晴站在他身後，出聲喚住：「你還是想分手嗎？」她仍有一絲期盼。

「……是。」簡凌雲點了點頭。

「很堅持嗎？」她低聲祈求道。

簡凌雲沒有說話，陶晴心臟緊窒起來，跨出雙腿，快速來到他面前，沒想到他速度更快，在她出現在眼前之前，頎長的身子往一旁側。

「我說出口的話，不會改變。」

在她怔然的同時，剛柔的嗓音澈底終結陶晴心底一絲絲微小的期盼。

陶晴忍不住哽咽，眼淚宛如斷線的珍珠，止不住地往下淌滿整張臉，一雙眼睛探詢般的注視他緊閉的雙眼，想要再窺探他眼中的祕密，卻又稍縱即逝，彷彿剛才那一點情緒波動只是錯覺。

「你們現在雖然結束了，但還有一次新的開始，也許當初選擇戀愛了，但你跟他緣分可能就是短短十年，不管怎麼改，你跟他都不會在一起走到最後。當然啦，未來要看妳如何抉擇，要與他談一次戀愛呢？還是看他平安幸福就好，其他都不重要？只要妳有決心，任何事情都無法阻攔，兩人的命運一定可以改變。」

以前會選擇和他談一場戀愛，現在會選擇讓他好好活著。

經過昨晚睡前的深思後，如果簡凌雲逃過一次死劫，若他注定要死，那是否下一次仍有僥倖躲過的機會？

現在她依舊搞不懂為什麼時間會回溯？回溯後，簡凌雲保有聖誕節的記憶，這個時候她想起荷小姐說過的話。

回到過去後，可以假設這是一條新的時間線，這條時間線簡凌雲注定要死，不論如何回溯，他還是會死，不管再怎麼改變，有可能與他都不會在一起走到最後。

荷小姐是不信命運，信緣分，可是陶晴會害怕、會恐懼，如果跟他在一起會影響到他的未來，那麼她寧願止步。

而且她的願望是與他談一場戀愛，這場戀愛的結局是好是壞，已有明顯結果，原則上，願望達成了。

是她自己太過貪婪，想要索取更多，除了他的愛，還要與他攜手往後日子的渴求。

如果與你相愛是錯誤的緣分，讓我永遠失去你，那麼我希望你平安幸福的活著——思緒萬千中，陶晴得到這個答案。

「我先走了。」

見他轉頭就要離開，陶晴胸口一緊，情急之下出手抓住他的手臂。

「就讓我再說一句話。」

簡凌雲停下腳步，不解地回頭望著她即將要說出口的話。只見那張秀麗的臉龐漾開的微笑，如美麗的漣漪，緩緩漾開波紋，雖然眼眶泛紅，仍不減溫婉柔美的氣質。

「凌雲，能和你重逢談一場難忘的戀愛，即便是一場沒有結果的戀愛，我也甘之如飴，希望你能平安快樂就好。」

她的笑一圈圈渲染開來，不矯柔也不做作，如一朵盛開的白花，真真實實表露出溢滿幸福的感謝。

圈住手臂的力道猝然鬆開，冰冷徹骨的寒風從袖口劃進，簡凌雲感覺到胸口空了，心失速般往下墜，望著她漸行漸遠的背影。

「晴，對不起。還有，我也是。」

簡凌雲閉上雙眼，胸口因為呼吸而起伏甚大，想辦法壓下無法抑制的情緒。有多少次，差點被她發現他的後悔和煎熬，但是這都不能洩漏半點。

「如果我們真的有緣分，十二年後再見。」

〔章十〕

遺留在時間的愛戀

「你們現在還有聯絡嗎？」

程莉莉的聲音從擴音的手機傳出來，擴音的狀態下，房間都能聽見她的聲音。

「這十二年間，只有每年祝福生日快樂，其餘我完全不知道他的動向。」

陶晴懶洋洋躺在床上。自從十二年前和簡凌雲分手後，唔，可以算是從來沒有在一起過吧，對於自己來說，他們是一小時情侶，對於外人來說，他們是學姊弟的關係。

「好可惜喔，我以前還說要當你們的伴娘。」

「我也以為會實現呢……」陶晴想起高中時代，程莉莉興高彩烈說要當伴娘，那時候自己心裡其實有暗爽一下。

「但我還是希望你們有機會再深入聯繫。十二年的愛情，哇！想到就很浪漫又揪心，就像我的永安……四下的時候，他跟日間部的女生交往了……我難過了好一陣子。」

聽著程莉莉悔不當初的泣訴，陶晴諄諄善誘的開導：「所以我當時就說趕快去跟他要電話！當不成戀人，當朋友也不錯，至少朋友緣分還在，不是嗎？」

「對啊……但我現在不知道他有沒有女朋友，有女朋友我會祝福的，會想到他，多半是聽妳提起金風，回想到當初年少輕狂的高中生活~」

「我幫妳找找。」看不慣程莉莉無精打采的樣子，陶晴手指輕點幾下，收起通話畫面，手機回到桌面，點開臉書。

「我還記得他的名字。」程莉莉也在同步尋找中，「晴，叫這個名字的好多人，我找不到耶！我記得很久以前有翻到他的臉書。」

「登登登！我找到了，快吧！」用不到幾秒鐘的時間，陶晴將連結傳給程莉莉，順手截圖幾張永安目前貼在臉書的照片。

「妳怎麼找的啊？為什麼我都看不到……」

「哈哈哈！」

「永安還是永安的長相，變得比較壯，原來後來去念體育系了。」

程莉莉一邊看，一邊感嘆，然後發出哇的驚嘆聲，雖然陶晴沒有親眼見到，但猜想程莉莉一定是雙眼發光。

「對了，今天幾號？」

程莉莉從永安的照片中回神，「十二月二十三號，怎麼了？明天是平安夜啦，我們要不要一起過，找阿茹一起啊，我們來玩交換禮物好了。」

「明天不行，不然約晚一點，我有一個地方要去。」

明天是正式滿十二年的日子，陶晴必須回母校將時空膠囊挖出來，這是期待很久很久的事情。

這十二年間，陶晴不斷的想，與簡凌雲當不成戀人，恢復不怎親密的朋友關係，與他只剩下生日的聯繫，可是她非常心滿意足。

※※※

十二月二十四日，聖誕節前夕，這天是週六，陶晴早上十點過後，來到學校大門，登記自己的名字，名義上要來挖時空膠囊，不過沒有導師的允許，很難入校，所以陶晴早已預約好與導師見面的日子，有許可證通知警衛，警衛處只需要登記即可放行。

夜間部已經結束經營，先前夜間部的導師有些已離職，班導退休，有些則轉入日間部繼續擔任老師，她今天會先趕緊挖出時空膠囊，再與老師會面。

「妳怎麼也背一個大背包？不是都找老師敘舊嗎？」警衛伯伯依然是十二年前那位，原本只有幾根白髮，現在是整頭白了。

「要送給老師的禮物。」陶晴沒有說謊，背包裡面除了裝鏟子，還有送給老師的小禮物。簽完姓名，她擱下原子筆，隨口問道：「也？警衛伯伯，也有人返校找老師嗎？」

「有啊，不過只有一個高個子男生，長得滿帥的，就是一張冰塊臉，看到他那張臉就好笑，他哭的樣子我至今都還記得，呵呵呵。」

陶晴覺得很有趣，很難想像一個大男孩哭哭啼啼的模樣，想必是為了一件很難過的事情而哭，這沒有不妥，如果宣洩是一種管道，那麼這個男生滿可愛的。

踏進母校，種種回憶湧上腦海，酸甜苦辣的情緒湧上心頭，想起高中無憂無慮的生活，只為了課業和感情煩惱，充滿歡笑的日子彷彿是昨日。

經過成果發表會的場地，憶起他安靜站在場邊聆聽，溫柔的眼色令人心醉。

校慶當日與他共用一把雨傘的雨後約會，為她遮風擋雨的貼心含蓄行為，以及共同約定十二年後開啟的時空膠囊。

圖書館後的空地一如往昔，老榕樹依然屹立不搖，茂密的綠蔭篩落斑駁的陽光，在褐色的土壤留下碎金的光芒，一道高大身形蹲在地上認真的鏟土，然後回過頭來對她溫柔一笑。

心猝不及防狠狠一震，那抹笑顏隨即像光影般消散，陶晴本能的出手試圖捉住，卻撲了個空，雙腳踉蹌，險些跌倒。

她回過神，滿目悵然，慢吞吞地放下書包，從裡面拿出鏟子，蹲在記憶中的位置，開始專心的鏟土。

掘土的過程，她發現土壤鬆散，已先被人挖過，使她順暢無堵挖到鍋子。

當初約定十二年後來取時空膠囊，沒有約定兩人要一起來，何況這些年雙方沒有見面，唯一的一句話就是每年的生日快樂。

因此取出時空膠囊這件事情，陶晴選擇自行處理。

她用抹布擦拭鍋子外的零碎泥土，小心翼翼的打開鍋蓋，裡面剩下黑色色紙包裝後的玻璃盒子，自己的鐵盒子沒有在時空膠囊裡面。

簡凌雲果然比自己早一步來取時空膠囊。

「不知道他會讓我知道什麼祕密。」

陶晴兩手緊緊端著玻璃盒子，心紛亂難安，即便是原來的時間線，她都不曾得知他內心的祕密。

打開玻璃盒子，裡面放著一冊用塑膠板製作的小本子，方形的塑膠板上貼著太陽形狀的米白色剪紙，他工整的字跡就在這上頭。

晴，看到這封信時，妳還記得我為什麼想要聽妳彈奏孤單北半球嗎？

記得高一剛進來時，有一次我看到妳在台上表演，我覺得妳很正、很漂亮，那時候第一次認識妳的就是孤單北半球，那時候是秋天。

從那時候開始，我悄悄的關注妳，很想認識妳，我最喜歡的是妳專注撥弦的模樣。苦惱的是，我不知道要如何主動接近妳。直到妳四年級後，我驚覺只剩下一年的時間，終於在吉他社教室看見唯一的機會，而妳彈奏的那首神祕的曲調，深刻表達出強烈的哀傷，讓我忍不住想要撫平妳的傷痕。

當聽見妳不願告訴我妳心底的那個人，我感到糾結、鬱悶，尤其妳主動想唱十年和愛我別走，我瞬間感到挫敗。

我不想和妳十年之後依舊是朋友，也不願意聽見妳為那位神祕的人唱歌。我既焦躁且不安，不知道該如何躍進一步，打翻的醋罈子一發不可收拾。

孤單北半球可以說是我對妳初次悸動，那首神祕的曲子則是我想要擁抱妳的哀傷，完全深入、介入妳的世界。

有時候看著妳彈奏，我心裡渴望著由妳彈奏、我來唱，可是我怕我會控制不住自己，告白了。

這是我的第一個祕密。

FENG：「吉他配歌聲，很適合告白的氛圍啊。」

陶晴憶起在舊有的時間線，簡凌雲曾在訊息裡面這樣說過。在新的時間線，簡凌雲曾經欲言又止，當時她很想知道他會說什麼，卻沒有針對這個答案窮追不捨。

我們常常在走廊遇見，可是都沒有打招呼，我身邊的朋友都會給我打信號，我看見妳的表情很臭，我想妳應該是討厭我。

儘管如此，我的目光仍忍不住跟隨妳的身影，小心翼翼不被察覺。

這是我的第二個祕密。

才不是，我那是怕被你朋友察覺，被你發現我喜歡你，所以很ㄍㄧㄥ。

陶晴很想面對面朝他大聲說道。沒有想到的是，他們兩個竟有相同的心境，悄悄的關注，小心翼翼不被發現，深怕被討厭、被拒絕。

我後來沒有想過，妳會喜歡我，而我也喜歡妳。

我以為能夠深入與妳交流，是高中生涯裡最幸運的事情，殊不知聖誕節那天我們能夠在一起，踏入下一個關係階段，我真心感謝能有這個機會，用一顆喜歡妳的心，陪伴妳，妳是我最重要的人。

分手的那天，非常抱歉，給妳留下一個不完美的回憶。如果未來有機會，我希望能用我的歌聲，再彌補一次，這次是否能由妳彈奏、我來唱？

這是我的第三個祕密。

陶晴感覺到心跳的頻率，敲響在耳膜。

時空膠囊是聖誕節前埋入，他不可能擁有聖誕節當天的記憶，除非他後來有挖出來，重新換入字條。

「一個高個子男生，長得滿帥的，就是一張冰塊臉，看到他那張臉就好笑，他哭的樣子我至今都還記得。」

警衛伯伯的話如雷劈進腦海，陶晴倉促收拾鍋子，將卡片暫時放入背包，最後把樹下的土鋪平，做到讓人無法察覺有被挖過。

急忙跑到警衛處，陶晴氣喘呼呼的敲打窗戶。警衛還來不及對敲窗戶的行為發脾氣，就聽見她急得像熱鍋上的螞蟻。

「警衛伯伯，那個冰塊臉離開了嗎？」

警衛愣了一下，一時之間想不起來冰塊臉是在說誰，畢竟陶晴說的沒頭沒尾，過了幾秒鐘，意識到女孩在講誰。

「早就走了。」

陶晴有預感是簡凌雲，他不笑的時候，就是張冰塊臉，尤其邁入三十歲的年紀，渾身上下都是打滾過社會的成熟氣息，使得高中時期的稚氣早已蜕去。

「他叫什麼名字？」以防萬一，她想確認一次。

「個資問題，無法透露。」警衛沒有因為陶晴急著找人就隨便透露他人的訊息，「不過我可以跟妳說啦，那個男生我印象很深刻，十二年前他一臉凝重進校門，背了一個背包，後來有個女生也跑到那棵樹下蹲在那邊不知道做什麼。」

警衛說完這句話後，陶晴神情一震，蹲在樹下的人不就是自己嘛！根據時空膠囊的祕密判斷，簡凌雲在時間回溯後，有再挖出膠囊，放入現在版本的祕密。

「就是我。」

「啊？」警衛瞪大眼睛，一臉茫然。

「那個蹲在樹下的女生就是我。」

警衛用力眨眨眼，仔細端詳陶晴的容貌。或許沒有在他面前哭過，警衛沒有馬上比對十二年前後的容貌差異。

在舊有的時間線，陶晴已學有初步的行銷企劃能力，在目前新的時空線中，找到一個更好、能學習更多技巧的公司，雖然仍有工作壓力，但是不需要時常加班，造成內分泌失調、體重上升，對身體的負擔不會太大，外貌打扮部分，依然是一顆直長柔順的黑髮。

「我想起來了！我當時以為妳落東西。在妳蹲在那邊之前，有個男生在聖誕節那天背著背包也跟妳有一樣的行為。」

「然後呢？」

「他被我發現也是蹲在那棵樹下，眼睛哭得腫腫的，我還真沒看過男生哭成這樣，我在學校這麼多年，頂多見過男女朋友分手，女生嚎啕大哭啦，看見男生哭真的是震驚我三觀，所以我對他印象特別深刻。」

「我明白了，謝謝。」

和警衛道謝後，陶晴往商管大樓的方向慢慢散步過去，從背包拿出信件繼續閱讀。

晴，我來自十二年後，一個妳離我而去的地方，因緣際會下，我得以返回過去，拯救妳免於車禍身亡。

十二年前，我們交往是個錯誤的決定，當時的我們絕對不能交往，只要我與妳交往，妳會被原有的宿命束縛住，妳本該十二年前車禍身亡，是我改變妳的過去，我害怕改變妳的命運後，會有無數個死亡將妳拖入深淵，所以我必須遠離妳，讓妳十二年沒有我的介入，平安的過完，直到十二年後，妳澈底擺脫原有的宿命。

原諒我不能坦白我的過去，讓妳十二年前悲傷難過。

這是我第四個祕密。

陶晴打開手機，將十二年前莫名其妙出現的簡訊又看了一遍，終於明白簡凌雲當時傳的訊息是什麼意思。

09-------

2010/12/26 03:45

「我記得妳問過我一個問題，如果有機會讓你回到過去，你希望做什麼讓你不會後悔的事情？」

2010/12/26 17:30

「我希望我愛的那個人，平安活著就好，沒有任何幸福勝過她活著，她活著，就是我的幸福。」

說來慚愧，這是畢業後幾年推出智慧型手機，她為了換手機，將舊有手機資料轉移過去，才發現簡凌雲曾經在半夜傳訊息給自己過。

當時她很扼腕、後悔，太晚發現這封簡訊，在電信門市看著手機哭了起來，讓櫃台員工嚇了一跳。

第一封訊息是從簡凌雲手機發出，時間回溯後，二十五號與簡凌雲取消邀約，她回到家直接躺床休息，因為睡得不安穩，清晨的時候撥了通電話給他。

一直到去學校，談分手的那天，她沒有留意手機裡的未讀簡訊，後來手機丟失，被簡凌雲撿到，當時她看了一下記事本，因為沒有修正紀錄或者開起紀錄，無法分辨他是否有打開來看過，或許當時他把未讀的簡訊點開來，導致後來她沒有發現。

記事本裡面也不是什麼丟臉的事情，純粹是些心得日記。

至於第二封訊息的那句話，根本不是陶晴本人回覆，按照時間點，她應該是剛跟簡凌雲談分手後，手機丟失，被他撿走。

看見簡訊的當下，她有思索過，為什麼簡凌雲要用她的手機回覆他自己想說的話？

實際上沒有想出個所以然來，正如當年他突然提分手的真正原因，她猜並沒有他說的那樣。

「我覺得現在在一起，我可能沒辦法好好照顧好妳，我對我自己沒有自信。」

這句話不是謊言，也不完全是真相。正如他說的，如果兩人如願交往，他是否有能力保護好自己？相反換個立場，陶晴也會選擇相同的決定。

這下子，箇中的原由和祕密，直到揭開時空膠囊，全部真相大白。

不過還有幾點她始終想不通。

一個妳離我而去的地方——他究竟來自哪裡？

和以前夜間部的老師們敘舊完後，陶晴決定前往茶館尋找真相。

這十二年間，陶晴不只一次來過印象中的茶館位置找人，可是始終沒有看見茶館的建築物，日式建築物的外觀在台式民宅間非常顯眼，不至於找不到。

她甚至嚴重懷疑，當時不是自己誤打誤撞闖進茶館，而是荷小姐刻意而為之。

只有有緣人才能踏進茶館。

難道真的要等到哭出結局的那一滴淚，才能重新看見茶館嗎？結局很明顯不是嗎？她跟箇凌雲談過戀愛，最後沒有在一起長長久久，雙方卻平安順遂。

陶晴騎著UBike在附近閒繞，完全看不見茶館的影子。

「荷小姐，拜託妳快點出現！我有急事想要了解。」等了十二年，沒想到還是找不到，陶晴不禁氣餒。

「晴。」

身後傳來令人熱淚盈眶的熟悉聲音，陶晴握緊腳踏車扶手，轉頭看向多年未見的初戀情人。

臨近十二月底，十二年後的氣溫上升許多，冬天越來越少出現低溫的機率。簡凌雲整體身形比過去強健，白色棉襯衫外隨意套了一件暗綠色細條紋背心，黑色直筒長褲，黑白混搭色調的帆布鞋，肩上背著斜肩包。

簡單的裝扮有幾分說不出的斯文美感。

「凌雲。」她的聲音透出累積十幾年的思念。

「好久不見。」帥氣的臉龐露出一抹和煦的微笑。

「真的很久沒見。」他的舉止看起來頗為自然，相較之下，陶晴能感受到急促的心跳咚咚咚的敲打耳膜。

「沒想到我們都許過願望。」

簡凌雲走近後，陶晴仰起頭，深深看著似乎高了些許的他，現在的外貌與原來舊未來時間線一樣，裝扮輕鬆閒適、少年時期的他比較白皙，現在曬得稍微黑些，多了一股成熟的男人味。

再怎樣改變，依然很俊秀帥氣。

「我沒想到你也是穿越者。」陶晴屏氣問道：「你來自哪裡？」

本來想直接詢問荷小姐，或許施法者更清楚究竟是怎麼一回事，既然碰見簡凌雲，不如現在瞭解個透徹。

「妳死亡的時空。」簡凌雲將襯衫袖口反摺至手肘位置，眼睛看著眼前的空地，聲音清澈透亮。

聞言，陶晴瞠目結舌，啞口得說不出半句話來。

簡凌雲朝她笑了笑，「很驚訝對嗎？我可以想得到，妳看見時空膠囊裡面的祕密後，一定滿腦子問題，所以為了碰運氣，我來這裡找妳。」

簡凌雲這麼說，陶晴可以將一條線索拼湊出來，可以解釋為什麼他會出現在此，既然自己的祕密寫上來自未來，會猜到有可能返回過去的關鍵點是茶館。

「你也是在這裡遇到荷小姐？」

「是的。」簡凌雲的眼神黯淡，透出一抹揮之不去的陰霾。「那天下著大雨，我為了躲雨，走進茶館。」

「我那天來到茶館也是下著大雨，也是為了躲雨。」隨著深入談話，陶晴愈來愈震驚回到過去的種種巧合。

「那妳呢？來自我死亡的時空？」簡凌雲瞇起眼，「是不是聖誕節那天是轉折點？」

陶晴搖搖頭，「不是，在我的時空，你沒有死，反而很幸福。」

簡凌雲挑高眉毛，詫異道：「那妳為什麼想回到過去？」關於原因，陶晴沒有在時空膠囊裡面交代清楚。

「因為你結婚的對象不是我，我暗戀你十二年，於你來說，我若有若無，我以為我們重逢，會有機會成為戀人，但顯然是我不夠努力。」

重逢後她沒有做過努力，拋直球給他、沒有積極主動約他，時常搞不清楚他的暗示，總是很矜持。

「當你婚訊發表出來，我很後悔，所以我對荷小姐許的願望是，回到過去與你談戀愛。事實上，我們的確戀愛了，雖然很短很短，但是我心滿意足。」

這就是她後來選擇放手的原因，即便想不通他突然堅持分手的原因，但她沒有因而糾纏到底。

簡凌雲注視她說話同時，一雙笑起來彎彎的眼睛也泛起柔柔的笑意，像是夜空中的皎潔明月，心中注滿一股暖流。

「在你的時空，我們是戀人嗎？」陶晴好奇彼此的關係，在不同時空是否會有所不同。

「是。很短暫、短暫的戀人。」簡凌雲特別強調短暫，眸色憂鬱，「曾經我是心滿意足的，但是累積更多的是煎熬。」

「為什麼我會……死？」嘴巴提起自己死不死拗口極了。

簡凌雲有意避重就輕的回答：「車禍。」

「該不會就像我們十二年前這樣，剛在一起就天人永隔？」陶晴臆測道。

簡凌雲沒有正面回答，露出一抹默許的眼神。

「那你真正來到過去是什麼時候？」

與他交談幾句話，漸漸放開緊張的情緒。握住腳踏車扶把的手鬆開，握得太用力，手指隱隱痠痛，陶晴疼得蹙眉。

見狀，簡凌雲接手，將腳踏車往路邊停靠，伸出手掌，溫柔地看著她。

「我想是出車禍後，這部分其實我一直沒有弄明白，我救了妳，但是我死了，實際上當我睜開眼，我仍活得好好的，那我現在是在哪個時空？」

「啊？」陶晴一臉茫然，滿頭問號。

簡凌雲露出苦惱的神色，「這該怎麼說呢？妳有聽過祖父悖論？意思是我們不能改變過去，但會創造一個新的平行分歧時空，但是這究竟是什麼時空，我不知道。」

十二年前，陶晴回到過去後曾經想過這個問題，然而當時這並不是擔憂的唯一首選，再加上沒有發生簡凌雲車禍身亡，她對這件事情沒有放在心上，後來時間回溯後，他沒有死，令她心生起疑。

「這樣說好了。」簡凌雲靈光一閃，撿了一顆石子蹲在地上，在柏油路上畫圖。「假設今天妳從我結婚的第一時空回到過去，那我們稱呼為第三時空，第三時空我最後死掉。第二時空的我回到過去，來到第三時空，不僅救了妳也救了我自己……」話聲停頓了一下，旋即在第三時空打個大X。

「我認為前面推理正確，但是聖誕節那天真的很奇怪，我有救妳的記憶，但沒有我自己避開車禍的記憶。」

陶晴也跟著蹲在他身畔，拿起石子塗鴉一個問號。

「荷小姐曾跟我提過，若某人是因為牽扯上你而死，不管這十二年我如何救妳，妳還是會死，因為這段時間妳本就不該存在，所以我只好在這段時間離妳越遠越好。」他垂下頭，細碎的瀏海垂落額前，隨著風輕微飄晃，遮掩住眉目。

「後來看了妳埋在時空膠囊的祕密，我頓時明白一件事情。我慶幸當時沒有與妳交往，在妳的時間線，我們交往後，我過世了；在我的時間線，我們交往後，妳過世了。」

「所以當時你的態度才會一百八十度大反轉。」陶晴漸漸明白為什麼當初他明明很難過，卻仍堅持分手。

「是啊……因為我無法承受第二次失去妳。」簡凌雲感傷地說，雙眼看著陶晴的側臉，「幸好妳過得很平安，很值得。」

同時間，陶晴也轉眸迎上他的雙眼，托著腮幫子柔聲說道：「我也慶幸你這幾年平安順遂。」

儘管十二年間，雙方沒有見面，也沒有對生活上的交流，可是透過社群網站，一點一滴得知他零碎的生活記錄。

陶晴猶豫般試探問道：「有句話我不知道該說不該說。」

「說來聽聽。晴的話，我都聽。」簡凌雲的語氣陡然轉輕快，眼睛微微彎起弧度，就像在笑，眼睛增添一抹寵溺的韻味。

「我們現在呢？」

不是她心急，是好奇兩人接下來的走向，是否仍會朝著第一時空的結局前進？再者，陶晴想起簡凌雲時空膠囊裡面有一句話：

直到十二年後，妳澈底擺脫原有的宿命。

現在已是未來，十二年後新的開始，她想知道兩人的關係是否有機會更進一步，不再侷限於社交軟體。

「晴，我可以握妳的手嗎？」說著，簡凌雲伸出手，靜靜地等待陶晴的下一步舉動。

「這個握手代表什麼意思？」一如他詢問是否能擁抱，陶晴都會搞清楚他的目的再做決定。

「晴還是這麼嚴謹和正經。」簡凌雲低低笑道，朝她神祕地挑挑眉，「不是想知道答案嗎？」

「想啊，但我怕我們對握手的想法不一樣。」陶晴很想明確知道他的心意，兩人已經蹉跎十二年的歲月。

「哈哈哈，那不然……」簡凌雲沉吟幾秒，改伸出食指，「牽一根手指頭就好了吧？一不一樣，牽了就知道。」

聞言，陶晴嘴角失守，笑得人仰馬翻，「橫的豎的就是要遷就對了。」既然如此，她沒什麼好猶豫，伸出食指勾住他的。

「你又勾食指，告訴我，是什麼意思？」

陽光的照射下，簡凌雲墨黑的頭髮映著淡淡的光芒，那雙溫和的眼神如光明媚。

「食（十）指連心。」

聞言，陶晴感覺心裡有根弦被微微撩撥了。

「我又？在妳時空的我，曾經這樣做過？」溫潤的眼眸閃動促狹的光芒。

「簡直是得寸進尺的程度了呢。」陶晴別過酡紅色的臉。

「承認妳喜歡被我得寸進尺，不好嗎？」

心狠狠漏跳一拍，陶晴佯裝正經地矢口否認：「我又沒有說喜歡。」

話剛說完，手指頭傳來輕微的晃動。她垂下眼簾，目光看著與他交纏的食指，現在倒是自己的手指勾著他不放呢，立場完全錯了位置。

「很誠實哦！」

這下子講也講不清，洗也洗不清了。事實上她沒想澄清，只是不想承認在她心裡十分的暗爽。

陶晴出手握住他的手心，腦海裡不由冒出一句話，順口溜出：「執子之手，與子偕老。」

簡凌雲牢牢地握住，清潤如水的笑容下，嘴巴卻說起文謅謅的話，「不過這句話不該使用在這裡，這句出自詩經的邶風擊鼓篇，講得是沙場中兩位年輕戰士約定好要一起撐到最後，同袍間的存活意志精神。」

「……我知道你博學多聞，不用特地炫給我看。」陶晴小小聲的嘆口氣，「這麼煞風景啊。」

簡凌雲低聲笑著，握住她的手，一同拉起，單腳推開柱腳架。

「走吧。」

「去哪？」

「今天是平安夜，我們去約會。」簡凌雲拉著她的手，另一手握著腳踏車扶把。

陶晴下意識摸著頭髮，「可、可是我今天沒化妝……」而且沒洗頭呢！這句話說不出口，多丟臉啊。

「沒關係，晴跟十二年前沒有太多的差異。」簡凌雲自個兒說著眉開眼笑，「以後可以看見四十歲、五十歲、六十歲，甚至是每一年的晴，就讓我好好照顧妳。」

「那你要如何照顧？」陶晴順勢反問，在第一時空的未來，她是不太相信這句話的，畢竟當時他處於分手後的狀態。

如今現在的他，十二年間沒有交女朋友，個人社群簡介上掛著許久的單身，也鮮少看見其他朋友笑虧他關於感情上任何的事情。

「裡裡外外，全部照顧的妥妥貼貼。」

「這麼好哦！想當寵妻魔人？」話剛出口，陶晴便愣住，急忙開口解釋：「我是說，寵女友魔人。」

「既然妳這麼主動，我沒有意見當寵妻魔人，樂意至極。」

發現他正笑睞著自己，陶晴雙頰漲紅，甩開他的手，一個人害臊的往前走。

「話說，原來我在妳的電話簿裡面是FENG。風？為什麼？」身後傳來他揚起的嗓音。

陶晴頭也不回地喊：「祕密。」旋即響起輪子咕嚕嚕的聲音，挺拔的身軀來到她的身邊，與她並駕齊驅的散步。

「說來我聽聽！」

「不要。」既然是祕密，哪會輕易揭開。

「他是我的金風神。」

簡凌雲突然冒出一句，嚇得陶晴睜大眼睛，臉上浮現一絲絲的羞赧。

「你為什麼會知道！」這句話她沒有對任何人說過，包含好友們。

「祕密。」簡凌雲意味深長地笑了笑，腦筋動得挺快，「不然我們來交換祕密，你告訴我金風是什麼意思？我可以再告訴妳時空膠囊以外的祕密。」

「……哪來這麼多祕密，自己暗藏喔！」

「妳也暗藏很多祕密呀，金風神。」簡凌雲見她眼珠子轉啊轉，多半在打如意算盤，知道她已經心動。

陶晴難為情的摀住臉，「拜託你不要掛在嘴邊講。」這就像是看見他拿出珍藏十二年的吊飾玩偶，好恥喔！

兩人牽著腳踏車來到停放處，簡凌雲將腳踏車停好，要過陶晴的悠遊卡，刷卡成功後，一轉頭就看見她癟著嘴唇的可愛模樣。

「為什麼？晴，妳是不是臉紅了？」

「快一點，我們要去哪？今天是你的生日！」陶晴直接忽略他的話。

「不急呀，我就在這，哪都不會去。」

簡凌雲低聲呵呵笑，老神在在散步中，聽在陶晴耳裡有夠尷尬。

「晴，所以想聽我的祕密嗎？」簡凌雲垂眸盯著她紅潤的面容。

「我洗耳恭聽。」既然他要先交換祕密，沒有理由拒絕。

「那我跟妳說，我的祕密。其實妳在我電話簿裡面是小Cing。」

「為什麼要加小？」Cing是她的英文名字，前面加上「小」很奇怪耶，他平常不喊她小晴。

聰明的簡凌雲懂得直接逼她面對，「該換妳回答我了，一來一往剛剛好。」

真嚴格，一來一往一人一個問題！陶晴撇撇嘴說道：「我們重逢於秋天，秋天又可稱之為金風。」說到這裡，陶晴忍不住不好意笑出來。

陶晴喜眉眼笑，咧開的嘴角露出一口白牙，燦爛的微笑令他癡迷，也許是很多年沒有看見她笑了，亮眼的微笑更添得整個人耀眼。

「……金風、金風，很好聽。」簡凌雲在嘴裡咀嚼這個綽號，然後眉宇舒暢，笑了出來。

得知綽號的原由，他立刻分享另一個祕密：「其實會加小的原因很簡單，很可愛，讓我更想照顧妳。」

他到底有多想照顧她呀？在寧靜且微熱的冬日裡，陶晴心中溫暖一片。

「晴，能不能跟我說說，第一時空的我是怎樣的人？」他的聲音透出舒暖如春的口吻。

「為什麼會好奇？」陶晴問道。

「想多了解妳的過去。」

話出口的那一刻，簡凌雲轉過身，俊挺的身子來到她面前，遮住冬日的陽光，他的笑容和聲音彷彿被陽光悄悄收斂。

陶晴抬頭仰望著他的眼睛，和煦的陽光透過捷運站窗櫺折射近來，棕色眼睛覆上一層點點的金色光點。

太陽穿透雲霞，綻放出奪目的光芒。

「我也很想、很想。」

輕啟唇，她的聲音在碎金的光芒中，一點一點的閃爍跳躍在彼此相交的視線。

【尾聲】
重逢之後

你是我的金風神：「我失眠一個多月了。很累，但是難入睡。」

我是妳的金風神：「那我去買給妳，再騎車去妳家找妳。」

我是妳的金風神：「等我。」

簡凌雲停頓一下，兀自笑了起來。自從知道金風的意思後，他便私心將暱稱改掉。

「金風看久挺順眼的。」簡凌雲自言自語，回完訊息，按一下電源按鈕，進入待機狀態，將手機收入口袋。

拿起安全帽戴上，他跨上自己的重機。抬頭望了眼陰陰的天氣，晴空萬里的天空很快地變成一片黑壓壓的烏雲。

眼看就要下雨，簡凌雲立刻加速離開，找個地方能夠避雨。離開巷子的瞬間，他感覺到空氣變得些許古怪，大雨滂沱而下，街道上空無一人，靜悄悄一片，只剩下他一人。

果斷朝一旁行駛，他將重機停在路邊，戴著安全帽衝進一處庭園，看見一棟日式建築，想也不想衝到屋簷底下。

站在屋簷下，摘下安全帽，簡凌雲望著灰暗的天空，大雨將庭園的花草深深埋進雨水裡，一股淒淒切切蒼涼感油然而生。

「好久不見。」在轟隆的雨聲中，女孩的聲音清澈響亮。

聞言，簡凌雲的雙眼閃過一絲怔愣，轉頭看向聲音的主人。女孩的微笑依然美麗，就像一幅典雅的詩畫，茶色長髮如記憶中的留至腰間，每個時空的她氣質、容貌絲毫未變。

「荷小姐！」

簡凌雲抬頭瞧了瞧四周景色，竟與記憶中如出一轍，由於雨太大，他奔進庭園時，沒有留意周圍的景色，看見日式建築物更沒有喚起久遠的記憶。

「過得好嗎？」那雙靈動的黑色眼睛一如往昔，星光燦爛。

「過得很好。」簡凌雲不假思索地說。雖然和陶晴分別十二年，但他從未後悔過。對他而言，以前的分離是為了未來，既然現在重逢了，非常值得。

「那就好。」荷小姐推開茶館的大門，「今天你還有問題想要問我吧？」

「是。」

簡凌雲跟在荷小姐身後，除了建築物外觀一樣，就連內部陳設也跟他第一次來訪的時候沒有絲毫改變。

「請坐。」荷小姐替他倒了一杯熱茶，「喝杯花茶熱熱身子。」

簡凌雲低頭啜了一口，沒有浪費時間，將困在心裡已久的問題問出來：「為什麼我回到過去，會保有車禍身亡前的記憶？我有救她的記憶，但沒有我自己避開車禍的記憶。」

荷小姐捧著熱熱的茶杯，懶洋洋地問道：「你不是猜出來一半嗎？剩下的癥結點你忘了？」

癥結點？他是不是漏掉關鍵線索？簡凌雲按著頭疼的太陽穴。

「所以我跟陶晴處在第三時空？」

荷小姐沒有正面回答，而是不斷拋出問題讓他動腦思考。「你的願望是什麼？」
「十二年後與陶晴結婚。」這是第二時空的簡凌雲堅定無比的願望。
荷小姐淡淡一笑，「那就對了。你一定會在十二年後和陶晴結婚，那你在過去就不會死。」
「但我確實是車禍死掉了。」重點是記憶停留在他感覺到全身上下每一處被卡車撞得四分五裂的巨大痛楚，醒來後安然無恙躺在床上，是陶晴的來電鈴聲吵醒自己。
「當你回到過去，就是一個新的時空，新的分歧線。」荷小姐再好心提點。
簡凌雲怔怔揚起臉，視線一瞬也不瞬地鎖緊荷小姐神祕的微笑，思緒千迴百轉，正在分析她這句話的涵義。
「妳的意思是說，這裡是第四時空。」零散的記憶將全部線索一個個牽在一起，猶如當頭棒喝。
荷小姐露出一抹意味深長的微笑，漫不經心地用指尖撥弄茶杯上的圖案。
「當時，如果你許的願望是拯救陶晴，那麼不論你是否救她而死，你們未來未必會走在一起。因為十二年前她本就該死。」
「所以，聰明的你只好在這段時間離她越遠越好。唯有遵循願望的規則，才有機會突破框架。」她的聲音如同香醇的紅酒，有一絲絲引人入醉。
簡凌雲回憶起在第二時空向荷小姐許願的場景，以及當時她充滿神祕的叮嚀。

第一時空是他和別的女生結婚，陶晴許願回到過去，進入第三時空。

第二時空是陶晴十二年前車禍身亡，而他在未來選擇回到過去，他的願望不僅救了陶晴，更救了自己。

從這裡開始展開第四時空的幸福生活。

「如果我當初許的願望是，我希望陶晴能夠活下來，那麼我未必會活著。」簡凌雲很快意識到，許願是個很深很深的陷阱。

就像陶晴，她許的願望是回到過去與自己談戀愛，願望實現了，但是他們兩人沒有未來。

「我在網路上看過一句話，分享給你。」荷小姐看著簡凌雲顫抖的瞳孔，柔聲說道：「有些人，只適合遇見；有些緣分，只適合經歷。於我而言，我只信緣分，不信宿命。沒有假如，只有你願不願意去勇敢改變一次。」

簡凌雲看著冒煙的熱茶，眼睛忽然酸澀，一滴眼淚毫無預警的溢出眼眶，順著臉龐滑下，在半空中化作一點螢光消失。

指腹滑過眼角，他愕然的看著指腹的濕漉，距離上次哭泣是十二年前的事情了。

困擾多年的問題解決完畢，簡凌雲低頭看手錶時間，想起要幫陶晴買東西，而窗外的大雨已停歇。

簡凌雲起身，真誠的說道：「謝謝妳。」

「再見，希望你跟陶晴能夠幸福，接下來是陶晴的眼淚。」

送走簡凌雲，荷小姐拿著玻璃瓶罐，出神未語。

雨後的晴空灑下明媚的光芒，一道艷麗的彩虹橫跨壯麗的天空，茶館依然在安靜中，與世隔絕。

※※※

夜晚降臨，城市沐浴在絢爛的霓虹燈下。台北市中心的一棟高樓建築物十分醒目。陶晴人在101大樓對面的停車場附近的捷運站，靠著牆壁低頭打字。

程莉莉：「晴，妳說我要不要加永安好友？」

陶晴：「妳還沒加啊==？」

程莉莉：「還沒。」

陶晴：「……我以為上次找給妳看永安的臉書，妳已經加了。」

程莉莉：「我怕突然戳好友會太尷尬，萬一他拒絕怎麼辦QQ嗚嗚嗚！」

陶晴：「就只是加個好友，而且你們是高中校友，他不會不加啦，妳把學校那個設定公開，他看就知道了，而且妳跟他還有一個共同朋友。」

程莉莉：「好。可是我最近都沒拍照片，我的大頭貼是空白耶……」

陶晴點進程莉莉的臉書頁面，視線掃過一遍，再點開LINE視窗。

陶晴：「選一張好看的，妳眼睛這麼漂亮，永安會加妹子的啦！」

程莉莉立刻丟出幾張去年拍攝的自拍照，最終在陶晴的意見下選定一張眼神十分迷人的照片。

大頭貼設定好了，程莉莉又說：「我好緊張喔，真的要按嗎？！！！！！」

程莉莉：兔兔害羞打滾貼圖

陶晴看見訊息，無奈的笑了出來。

陶晴：「機會只有一次喔！我高中就跟妳說過了，要趕快行動，就算兩人沒有機會交往，當朋友也沒關係，至少能安撫一點高中的遺憾。」

程莉莉：「我哪知道當時永安會突然有女朋友……＝＝」

程莉莉：「晴，妳真的很烏鴉嘴，很多事情都被妳說中！我跟阿肆大學同班耶，後來還真的一起吃飯了，但是不來電啦哈哈哈哈。」

陶晴：「所以說，妳要按了沒？？？？」

程莉莉：「我按了，我剛按了！！！然後我很孬，立刻關上臉書……>/////<」

陶晴看著手機螢幕，沒能憋住笑聲。

「在笑什麼？邊打邊笑。」

一個高大的身影來到身邊。陶晴知道是簡凌雲，立刻傳訊息給程莉莉。

陶晴：「我先跟金風吃飯喔，晚點回～～」

回完最後一句，陶晴將手機丟入包包，抬頭看著他。今天他穿著條紋藍白色襯衫，搭配白色褲子，露出踝骨，以及黑色的樂福鞋，肩上背著皮革製的小包包。

除了清爽感，還有一股瀟灑的帥氣。

「看什麼呢？」

「我在想，怎麼有人穿衣服這麼好看。」人長得高、長得帥，就是天生的衣架子。

陶晴沒有掩飾自己的心動，讚賞的話就這麼順口溜出來。

「不否認。」簡凌雲滿意的收下陶晴的誇獎。

兩人來到一家巷弄裡的酒吧。這家酒吧裡面有三台飛鏢機，店鋪空間不大，裡面只有四張桌子，採預約制。

他們先吃了點東西，喝了些酒。陶晴中午沒有吃東西，直接睡到傍晚，起床梳整頭髮、上妝，便出門赴約。簡凌雲已跑去玩飛鏢，她則先坐在位置上填飽肚子。

叮咚、叮咚、叮咚、叮咚。螢幕連續跳出程莉莉的訊息，陶晴點開來看。

程莉莉：「永安按確認了、按確認了！！！！！」

程莉莉：臉書好友確認.jpg

程莉莉：興奮貼圖

程莉莉：「可是他沒有私訊我耶……」

程莉莉：哭哭.jpg

陶晴：「是妳加他的，應該由妳主動欸！」

程莉莉：「可是我不知道要說什麼：(」

陶晴拿起盤子裡的薯條，一根接著一根放入嘴裡。要讓程莉莉說什麼好呢？

陶晴：「他是不是九月生日？妳在他生日那天發訊息給他呢？」

程莉莉也是滿聰明，懂得舉一反三：「我知道了！生日那天，我發：嗨，校友，生日快樂:)妳覺得這樣如何？」

陶晴：「很棒啊，看他會怎麼回」

程莉莉：「可是離九月還有一段時間……>w<」

陶晴：「別急，時間過很快的，不說囉，我先去打飛鏢~」

陶晴將手機放入口袋，走到簡凌雲的身旁，先看了他打幾局，後來換她上場。以前打過幾次，當作打發時間玩玩的，技術自然稱不上簡凌雲那般好。

今天不曉得手感異常好，頻繁射中紅心內圈，她臉上的笑容像是開滿小花。

「我分數比你高耶！」陶晴玩得興高彩烈，興致勃勃提出意見，「不然我們來打賭？」

「可以呀。」簡凌雲的嘴角露出一絲不易察覺的微笑，「想賭什麼？」

「賭今天的晚餐由誰付錢吧。」

「好。」

接下來輪到簡凌雲的局，陶晴站在他旁邊，欣賞他射飛鏢的英姿。兩人每一回合輪流各投三支鏢，直到第八回合，由高分者獲勝。

稍早喝了太多啤酒，眼皮漸漸沉重，陶晴感覺到精神不濟，後面的局數分數漸漸敗陣下來。在簡凌雲投出不知道是第幾回合的飛鏢後，陶晴將頭輕輕靠在他的肩上。

「想睡了？」低沉的聲音被酒浸染過，透出性感的氛圍。

陶晴抬起頭，迎向他大膽且直接的探詢目光，或許是酒精催化的關係，她的臉燒了起來。

「沒有。」陶晴感覺到臉像是被燙過，立刻努力站直。

簡凌雲靜靜看了她一眼，轉眸盯著面前的飛鏢機，悄悄地、慢慢地挪動身軀朝她靠近。在穩穩地射出飛鏢同時，一股輕微的力道輕輕枕在肩膀，簡凌雲側眸凝視她靠在肩膀，慵懶如貓的模樣，臉上浮現溫暖的笑容。

最終分數是簡凌雲勝過陶晴，他讓陶晴去收拾包包，自己主動去櫃檯買單。

「我輸了……」陶晴有些懊惱，瞧自己醉暈暈的，連他去付錢都是後知後覺。

即便兩人現在交往，陶晴仍不願白吃白喝，偶爾他們會互相平分，輪流請客，不計較零頭數字。

「下次請我吃飯。」

兩人離開酒吧，站在街道上，蒼白的路燈將他們的影子拉得長長，夜色正濃，晚上十點多，部分商店陸續打烊。

「我送妳回家。」簡凌雲看著遠方道路，尋找計程車。

「要回去了喔？」陶晴揚起臉，迷濛地望著挺立的他。剛剛在酒吧依靠在他肩膀，讓她感受到澈底的安心，很想依賴著他。

「不然要過夜？」簡凌雲這回兒低頭凝視她，那張乾淨整潔的面容襯著桃紅色的嘴唇，看起來十分誘人。

聞言，陶晴一陣心悸。

見她臉發紅，簡凌雲臉上露出開懷的笑容，「我收留妳，還是妳收留我？」

「為什麼沒有第三種？」第三種應該是各自回家。

「啊……」簡凌雲露出一抹意味深長的微笑，「汽車旅館是吧？」說著，他慎重說：「好的。」臉上明明白白寫著原來妳喜歡戶外留宿，調侃了她一番。

這局陶晴被ＫＯ陣亡。

看見陶晴被逗弄得戰力值掛蛋，滿臉是笑的簡凌雲伸手撫過她的臉頰，低聲說：「那就……先回妳家。」

真的要睡她家啊？陶晴傻住，立刻臊紅臉說道，把球踢回去。

「你去睡路邊。」

簡凌雲挑了挑眉，聰明的意識到她掉入話語的圈套，不過他不拆穿，順著她的話說下去。

「我是認真的。」他正經八百的說，「晴，妳可以把我雙手綁住。」

「……」

為什麼對話越來越歪？陶晴被他這麼一鬧，被酒精佔據的大腦清醒了些。

完全不知道被ＫＯ慘敗幾回合了……

等不到計程車，簡凌雲索性拿出手機叫車。

陶晴望著他成熟的五官，現在擁有的一切就像做夢，有感而發地說：「凌雲，我們這些年一直在錯過。你單身時，我有男朋友，你有女友時，我單身。」她說的是第一時空。

「晴。」正在操作叫車的簡凌雲轉頭望著她，用著低沉而魅惑的嗓音說道：「那個時空的妳，傷痕累累。現在不會了，因為未來有我。現在我們終於時間重疊了，不會再有錯過的時間。」

陶晴柔柔一笑，伸手握住他的手心。「在我死亡時空的你，一定承受懊悔與思念。你說到不了的地方，就是死亡。」

「有一句話很適合我們兩人。」

他的聲音在寧靜的街道靜靜響起，宛如綻放在黑夜中的月光。

「雨云，我是雲，也是雨；日青，妳是晴，也是光，我們之間的情誼時晴時雨，晴時多雲午後雷陣雨，互相照亮彼此的黑暗的那一面，這是互補的，證明我們很適合彼此。」

這雙眼睛無比溫柔，在陶晴心中留下豐沛的溫暖。她喜歡這雙眼睛、喜歡他的溫暖、喜歡他的聲音，喜歡很多、很多，穿梭十幾年的光陰，不變到現在。

「你在賣弄你的文學造詣嗎？搞小聰明。」一句時晴時雨可以說得如此唯美。

簡凌雲得了便宜還賣乖，自得意滿的挑了挑眉，「我本來就很聰明，只是不喜歡讀書。」

手機傳來叮咚聲，簡凌雲看見ＡＰＰ提示，計程車即將在一分鐘後抵達。

「氣氛正好，抱一下嗎？」

「都說不用問能不能抱了！」陶晴有點想嘗試突然被男朋友抱住是什麼樣的感覺。

簡凌雲調皮地笑道：「我是看妳很想抱呢。」

「……你怎麼知道？！」剛才還沒酒醒的時候，她的確很想抱下去，但是旁邊有路人經過。

「晴，未來請多指教。」語畢，簡凌雲將她拉入懷裡，張開雙臂緊緊擁住她，孤寂二十幾年的心終於不用再漂泊不定。

第二時空的十二年、第四時空的十二年，算一算是二十二年了吧。

陶晴安心且貪戀地依偎在他踏實的懷裡，聆聽他沉穩的心跳。

「未來請多指教，凌雲。」

兩人相視一笑，緊緊擁住彼此，能夠和十二年的初戀走在一起，是一件奢侈和幸運的事情，這種愛是透過細水長流，長年累積，平凡反而是種幸福。

【番外】

沒有妳的日子

屋外傳來刺耳的煞車聲，緊接著響起猛烈的撞擊聲，簡凌雲的心臟狠狠一抽，視線從月曆挪開，起身朝陽台走去，雙手放在欄杆，身子向前探。

車禍現場在十字路口處，是一台汽車和卡車不曉得什麼原因發生碰撞，目前已有其他民眾觀望並撥打救護車。

腦海驀然憶起十二年前的雨日，一輛闖紅燈的轎車撞上卡車，下一秒驚悚的畫面發生，讓人猝不及防，尖銳的煞車聲衝進耳膜。

砰的一聲，簡凌雲關上陽台的門，顫抖的右手壓在門板，踉踉蹌蹌地走回床邊坐下。

他非常討厭雨天，因為陶晴就是在雨天車禍身亡。

即便十二年後，他依然記得她倒在血泊中的畫面，撕裂般的痛楚從心扉陣陣傳來。

空洞的眼神望著畫滿X符號的月曆，已經過去的日子被打了個大X，過去的日子絲毫沒有讓他走出傷痛。

飢餓的肚子傳來咕嚕一聲，簡凌雲抹了一把臉，眼睛瞟向電子時鐘——

21：00

早上用完早餐後，他沒有再吃別的東西，今天是陶晴的忌日，往年皆是如此，食不下嚥。

坐在床上一會兒，簡凌雲起身抽起鑰匙，與其繼續待在屋裡，不如去外面透透氣。

跨上重機，戴上安全帽，簡凌雲發動引擎，從巷子另外一頭出去，沒有經過車禍現場。

漫無目的的行駛在巷弄內。這個時候，一滴雨水墜落在他的手背上。

灰暗的天空落下小雨，滴答滴答掉在地上，撥動著簡凌雲死氣沉沉的心弦，原本低潮的思緒因為細細如絲的雨水，更加混亂。

看見前方有一棟日式建築物，簡凌雲騎車過去，停在路邊，好奇的看著建築物的名字：花神茶館。

現在已是晚上九點半，茶館依然燈火通明。簡凌雲熄火，拔下車鑰匙，快步進入，若還能躲雨，在這裡待一下子也不賴。

快步奔到屋簷底下，簡凌雲脫下安全帽，看著門口掛著休息中的字牌，他轉而靠在窗戶仰望黑漆漆的天空。

「要進來喝杯熱茶嗎？」

隆隆雨聲中，一道悅耳的女性嗓音突兀響起。

簡凌雲看向站在一旁、撐著雨傘的漂亮女孩，她有一雙清澈的眼睛，眉宇間流露出超越年齡的深愁，微捲的茶色長髮披散肩膀，嬌小玲瓏的身高跟陶晴差不多。

「抱歉，我不知道沒有營業。」

「沒關係，你看起來糟透了。」

「……是，真的糟透了。」簡凌雲沒有否認。

女孩打開大門，先行步入，簡凌雲跟在身後，將安全帽放在入口處的架子上，站在玄關處打量屋內的陳設。

「我姓荷。你呢？」
女孩走進廚房，端了一杯熱茶壺出來，並示意他入座沙發。
「我姓簡。」簡凌雲脫下鞋子，來到沙發入座。
荷小姐倒了一杯熱茶遞給他，「暖暖身體。」
「謝謝。」簡凌雲啜了一口，舌尖瀰漫甘甜的清爽味道，口間的熱度緩和四肢的冰冷。
「思念真的是痛苦又糾結。」荷小姐忽然幽幽的說，黑眸染上一層他所熟知的憂傷。
「對啊，尤其走不出來才是最困擾的。」簡凌雲深有同感的附和道。
「你很愛她。」嫻靜的眼睛深不可測，荷小姐一語中的讓簡凌雲心下一驚。
很快地，他回過神，淡淡地說：「妳也有很喜歡、喜歡的人。」
「嗯，很喜歡，超越家人的關係。」荷小姐爽快承認，嬌柔的臉蛋露出一抹懷念的微笑，
「如果回到過去後，能給你許願，你想要許什麼願望？」
「……」心尖重重一震，簡凌雲默然的看著杯中的熱茶，半晌不語。
荷小姐指尖摸著沙發抱枕，靜靜等待簡凌雲思索，不急、不催，有的是時間。
「如果可以許願的話，我希望十二年後能夠與陶晴結婚，共度一生。」
「抽三張，你的未來。」荷小姐不多話，從桌子側邊的抽屜拿出塔羅牌，不等他拒絕，瞬間把洗好的牌一字滑開。
簡凌雲愣愣地看著眼前的塔羅牌，然後又抬眼瞧著一臉嚴肅的荷小姐。他這是碰上占卜

師嗎？

「就這三張吧。」簡凌雲沒有玩過塔羅牌，聽公司女同事的八卦，女生很喜歡算這類型的東西。

荷小姐將抽出來的那張牌移到桌面左上角，「假如有機會，你會想回到過去嗎？」

「要看是什麼原因回到過去。」

向來冷靜的簡凌雲直到現在，仍摸不清荷小姐為什麼總說奇怪的話，不知道為什麼，看著那雙美麗的眼睛，有一股魔力使人一步步勾進她的話術裡。

「為了實現你的願望？」

「……」簡凌雲端著茶杯的手輕輕一顫，茶水微微濺出幾滴。他鎮定的用指尖抹去衣服的污漬，「即使付出我的性命，我也願意。」

荷小姐皺了皺眉，「不用付出性命，這太嚴重了，我們放輕鬆吧，來看看牌意。」

荷小姐先揭開第一張，「寶劍八正位，這張表示你在感情上遇到挫折，陷入泥淖中，你想盡辦法脫困，可是感到非常無力。」

第二張陸續揭開，「星幣五正位，這張代表你們之間因為一些問題而分手、傷心的可能性。」

最後一張，她快速翻開，「權杖四正位，你們之間的關係漸漸穩定，有婚禮、喜慶的意味存在。」

簡凌雲沉默地凝視三張牌組圖案，第一張一個人蒙著臉，周圍被八支劍圍繞，第二張是兩人在雪中行走，身上沒有更多的保暖裝備，第三張是四根權杖矗立著，花環懸掛在權杖之上，權杖後面站著兩名開心揮舞手中花環的女性。

「我應該怎麼做？」圖案的意思不難理解，問題是他不懂這三張的未來，是時間性的連續嗎？還是屬於個別的未來？

荷小姐沒有正面給予答案，「那個女孩過世了對吧。」

簡凌雲再度心頭一驚，但很快的收起驚訝，從踏入這間茶館後，和荷小姐的對話中，他便發現似乎步入一個很神祕的地方。

「是。」

「你的願望不想回到過去救她嗎？」荷小姐問出正常人會有的反應，既然心愛的人過世，按道理，是要救她一命才對。

「我救了她，我們結局會在一起嗎？」簡凌雲說出一個出乎意料的答覆，「我最終的目的是想要與她結婚，共度往後餘生。」

那雙黑若繁星的眼睛露出訝異之色，簡凌雲見狀，又繼續說：「我不想要打沒把握的仗，既然我能跟她結婚，那麼她就是被我救活了，不是嗎？」

荷小姐讚賞般點點頭，「有道理。」她頓了頓，瞇起眼說道：「不過呢，若某人是因為注定得死，不管這十二年你如何救，她還是會死，因為這段時間她本就不該存在。」

「……」聞言，簡凌雲微微抬起眉毛，心存疑惑，「那麼我應該要怎麼做？」

「你只要記得一件事情，時間可以改變一切。回到過去的你就該遵守規則，否則會影響到她的命運。如果遇到徬徨，最好的辦法是靜下心，回想最初的初衷，等待事情的改變，如果衝動行事，會邁入不可挽回的地步。」

荷小姐的話有說跟沒說沒兩樣，不過簡凌雲細細咀嚼這番話後，深深地放在心裡。

「謝謝，我該告辭了。」時間晚了，簡凌雲想回家休息，塔羅占卜的結局固然迷人，但人總要回到現實。

荷小姐托著下巴，笑咪咪看著他，「希望你十二年後能夠和她結婚，共度餘生哦！」

十二年後？他都老了，怎麼可能能和陶晴結婚。剛才配合荷小姐的塔羅占卜只是覺得很有趣，再加上這位年輕的女孩說話有種魔力。

他承認與她談話後，心裡湧現一股希望，如果真的能回到過去，他絕對會把願望實現。

剛起身，腦袋湧上一股強勁的暈眩，身形晃了一下。簡凌雲扶著沙發，向後跌入柔軟的沙發，難受地仰躺著。

「妳……」究竟發生什麼事情？這裡該不會是間賣黑的茶館吧？掛羊頭賣狗肉。

簡凌雲費勁的掀起眼簾，模糊的視野中，女孩的身形佇立在身前，她的身後隱約有一抹白色身影慢慢接近。

「啊，我差點忘記了，願望實現後，我會跟你收一滴眼淚哦！」

「再見，簡凌雲。」

她怎麼會知道自己的名字？簡凌雲面露猙獰，手指緊緊地攥起，加重的暈眩瞬間強硬的將他拖入黑暗，意識墜入一片無聲的世界。

世界太過安靜，彷彿孤身一人處在死寂的空間，等到簡凌雲有意識的時候，待在安靜的空間，只有短短幾秒鐘。

手機鈴聲驟然響起，不是流行歌曲的鈴聲，而是十分普通的鈴鈴聲，傳統且守舊。

簡凌雲被鈴聲吵醒。他躺在柔軟的床鋪，一雙眼睛茫然地看著天花板未亮的日光燈，從陶晴過世後，他有開著電燈睡覺的習慣，然而此時此刻電燈沒有開啟。

陽光穿透窗簾在臥室映出朦朧的光芒，簡凌雲思緒微怔，什麼時候回家了？他記得被茶館那個女孩陰了一把。

察覺到鈴聲響了有好幾秒鐘，他趕緊接起來。

「喂。」他感覺自己的聲音十分疲倦，很久沒有好好睡一覺。

「凌雲。」電話那端傳來哽咽的女性聲音，闊別已久的熟悉聲音竄進他耳裡，簡凌雲心狠狠一震，心頭那片埋藏在深處的思念隨著眼淚衝上眼眶。

他再次因她而哭。

「……晴，好久沒有聽見妳這麼喊了。」

他多麼希望這不是夢。
願望能夠實現嗎？

【完結】

後記

很難得的，繼《決鬥吧！我的美男室友》後的故事，我再次寫了校園愛情故事～～裡面添加微奇幻色彩，各方面都還要再加強，故事內容如有巧合，純屬虛構>_>

故事中我盡力絞盡腦汁回想二零一零年以前膾炙人口的歌曲，真怕寫的時候出現時間錯亂，一遍又一遍上網查資料，如果有出現不該出現的歌曲，歡迎指點>_^

很多經典歌曲真的是百聽不厭，直到二零二二年依然傳唱很久，而且聽了都可以勾起年少輕狂的回憶。

可能對部分讀者而言，對早期的年代感到陌生，但我想傳達的是，時代一直進步，且越來越好，青春並不侷限於早期的年代，而是取決於個人對這部分的定義與感觸。

每個人心中都有一個難以忘記的回憶，包含人、事、物，或者可以是青春、初戀、暗戀，後悔，各種酸甜苦辣的情緒，但是一定會有個刻在心底的初戀，一直擱在心尖上，是嗎？XD

這個故事要送給好友，有一天，我的好友跟我說：如果我有不測，我的夢想都在妳的故事裡了。我聽了後覺得心酸酸的，心情沉重，她怎麼會說這種洩氣的話呢？我記得二〇二〇時某位藝人突然離開了……或許這件事情給好友帶來一些感慨，或許她工作的疲累一度讓她重病。

人好像生病後，會感慨的特別多、會更加珍惜每一天的日子，也會想起以前的往事，特別是心底深處的執念。

正巧寫這篇故事的時候，我的阿公先是住進安寧病房，接著在沒有心理準備的時候過世了……難免的，故事情節可能有些虐心、悲傷，寫著寫著，難受落淚。明知道生老病死遲早的事情，想了很多，努力給自己心理建設，但面對親人的離去始終沒有做好心理準備，頭七和公祭的那兩天，沉重無措。後來意識到一件事情，也許我也是抱著一種心態：如果有一天我突然不測了，我的夢想、我的執念也在這個故事裡面。

有一句很應景的話可以表達出我對這篇故事的心得：我覺得我們後來再次聯繫，如果真的在一起就是偶像劇，如果沒有在一起，只是我的白日夢。

人到某個歲數，突然會想起以前的回憶，有時候我會思考，如果當初我選擇A了，會不會未來變得不太一樣？或是我選擇B了，又是怎樣的未來？我問過不少朋友，他們都說：A就是A，沒有B的選擇。他們沒有思考過另外一條路，原因很簡單，人要向前看。

結果只有我想多了……這個時候我很希望、幻想著這世界上是否有一個占卜館之類的場所，能夠實現願望，當然了，有緣人才能實現，不是阿貓阿狗都可以碰見占卜館，這樣就沒有神秘色彩了~

有時候人的緣分或許只有這樣，不過沒有努力過，怎會知道結果好不好呢？然而努力過後，會發現，有些人，不是不適合，而是時機未到；有些人只能存在在回憶中而已。

我曾在網路上看過一個貼文圖片：人生都要遇見四個人，第一個是你愛但不愛你的人；第二個是愛你但你不愛的人；第三個是你愛又愛你但最後不能在一起的人；第四個是你未必愛但最後在一起的人——當時看完後我想了一下，嗯，都遇過了，後來又想一想，這好像有點幹話（？

是不是大家最後選擇都一定是你愛也愛你的人，可以在一起到最後？哈哈哈哈！

希望大家看完故事後，能夠激起鬥志，鼓起勇氣追求愛情，失敗了也沒關係，整理好心態，告訴自己，你不是不好，而是你值得更好的人！

近幾年因為身體狀況有點多（汗），寫作速度越來越慢。這篇故事完成後，舊傷不小心復發了，趁著休息的時候思考自己的未來，拚命三郎的我在這過程獲得的心得是什麼？什麼時候才會達成目標，往下一個階段邁進呢？甚至不知道還能寫多少年的故事（思）？

最後好奇的問一句：大家覺得第一時空的三十歲簡凌雲會渣渣嗎？這樣類型的男生，似乎十個裡面會撞見一個？或者是中央空調～～但我相信每個女孩在戀愛的過程中，一定曾經喜歡過一個對象，不論他提出哪種要求，我們會追著對方跑，不求回報為他付出，即使知道付出是得不到回應的，依然像傻子去做。歡迎跟我分享答案，哈哈哈哈哈！

如果有想看哪個角色的故事或心得，也歡迎跟我說～～另外，本書也穿插進去《花之姬綺譚》的角色，我賦予茶館魔幻的神秘色彩。

總結，謝謝大家耐心等待及包容。給正在戀愛、或是失戀、暗戀的女孩們～加油，共勉之！

要青春95　PG2779

要有光
FIAT LUX

與你相逢的時間

作　　者　花　鈴
責任編輯　喬齊安
圖文排版　黃莉珊
封面設計　王嵩賀

出版策劃　要有光
發 行 人　宋政坤
法律顧問　毛國樑　律師
印製發行　秀威資訊科技股份有限公司
114台北市內湖區瑞光路76巷65號1樓
電話：+886-2-2796-3638　傳真：+886-2-2796-1377
http://www.showwe.com.tw
劃撥帳號　19563868　戶名：秀威資訊科技股份有限公司
讀者服務信箱：service@showwe.com.tw
展售門市　國家書店（松江門市）
104台北市中山區松江路209號1樓
電話：+886-2-2518-0207　傳真：+886-2-2518-0778
網路訂購　秀威網路書店：https://store.showwe.tw
國家網路書店：https://www.govbooks.com.tw
總 經 銷　聯合發行股份有限公司
231新北市新店區寶橋路235巷6弄6號4F
電話：+886-2-2917-8022　傳真：+886-2-2915-6275

出版日期　2022年6月　BOD一版
定　　價　330元

讀者回函卡

Printed in Taiwan

國家圖書館出版品預行編目

與你相逢的時間 / 花鈴著. -- 一版. -- 臺北市 :
要有光, 2022.06
面； 公分. -- (要青春 ; 95)
BOD
ISBN 978-626-7058-30-5(平裝)

863.57 111008037